# バスタード・ソードマン

BASTARD・
SWORDS-MAN

ジェームズ・リッチマン

［ILLUSTRATOR］
マツセダイチ

# CONTENTS

BASTARD・SWORDS-MAN

[ILLUSTRATOR] マツセダイチ

# プロローグ

バスタードソードは中途半端な剣と言われている。

ショートソードと比べると幾分《いくぶん》長く、細かい取り回しに苦労する。

ロングソードと比較すればそのリーチはやや物足りず、打ち合いで不利になりがちだ。

前世では〝帯に短し襷《たすき》に長し〟という言葉があったが、まさにその言葉にぴったりの武器だろう。


それでも俺は、このなんとも中途半端な長さの剣が気に入っている。

取り回しの不便さも、リーチの短さも、力があれば妥協《だきょう》できる。器用貧乏の貧乏な面に目を瞑《つむ》る事ができれば、中で大小を兼ねる使い方もできなくはない。

何にもできないように見えて、やろうと思えば何でもできる。

まさに俺にうってつけの武器だ。


しけた武器屋でこいつと出会ってから、二十数年。

BASTARD・SWORDS-MAN

# 【プロローグ】

店の入り口に置かれた籠《かご》の中に乱暴に突っ込まれていた特売品のバスタードソードを、今でも俺は振るっている。

このなんてことない、異世界での日常を……ほどよく無理のない範囲で、護るために。

# 第一話　中途半端な剣

BASTARD・SWORDS-MAN

「ほーらよっと」

「グゲッ」

バスタードソードが翻り、ゴブリンの胸を深く斬りつける。

これで三匹目。残り一匹は脚を斬ったので、遠からず失血死するだろう。

「グィイ……」

「悪いな、特に恨《うら》みとかはないんだが。俺の報酬のために死んでくれ」

今回の依頼は郊外の林に出現したはぐれゴブリンの群れの討伐《とうばつ》。

はぐれのリーダーらしい少し大柄《おおがら》なホブゴブリンもそのへんに転がっている。他にも別働隊がいるかもしれないが、リーダーさえ殺してしまえば依頼は達成したようなものだ。

この世界の逞《たくま》しい連中なら、たとえ農作業をやってるような普通の村人でもゴブリンくらいなら自分で殺しちまうからな。

「南無阿弥陀仏《なむあみだぶつ》」

「ギッ」

# 第一話　中途半端な剣

最後の一匹にバスタードソードを突き立て、息の根を止める。

その後、ゴブリンたちのくっせえ鼻を削《そ》ぎ落《お》とし、袋に詰める。これが討伐証明となり、街に持って帰ると依頼達成の証明になってくれる。毎回思うけど何故《なぜ》耳じゃないんだろうな。ゴブリンの鼻は汚いし臭いからあまり触りたくないんだが……。

「うーえ、鼻水ついてら」

刀身の汚れたバスタードソードを再びゴブリンの心臓あたり目掛けて突き刺し、その血で洗う。俺は鼻水と血なら血を選ぶくらい、こいつらの鼻水が嫌いだ。

どうせ後で川辺で洗うことになるんだが、愛剣だしね。鼻水よりは血の方がバスタードソードも嬉《うれ》しかろうよ。

「……ふう。これでとりあえず、今月分の貢献度《こうけんど》は稼げたろ。あとは適当に採取して帰るかぁ」

それから俺は高く売れそうな野草や薬草を採取し、川辺で装備を洗ってから帰路についた。

拠点にしているレゴールの街までは大体歩いて二時間ほど。決して楽とは言えない道のりだが、この世界ではまだまだご近所である。そんな感覚に慣れ切ったあたり、俺もかなりこの世界に適応してきているのかもしれない。

街に戻り、討伐部位を処理場で交換票にして、ギルドの受付嬢であるミレーヌさんに提

# 第一話　中途半端な剣

出する。

　今日もミレーヌさんはサイドでまとめた緑髪が綺麗《きれい》だ。

「郊外のはぐれゴブリンの討伐ですね？　討伐部位交換票は……はい、確かに。リーダーを含む四匹であれば最高評価で問題ないでしょう。お疲れ様でした、モングレルさん」

「やったね。どうもどうも。ま、楽勝だったよ」

　貰《もら》えるのは僅《わず》かな報酬と、貢献度。今回の任務ではこの貢献度ってのが俺の目的だった。

　ギルドの任務にも金になるやつとならないやつがあって、ゴブリン討伐なんかは儲《もう》からない仕事の最たるものだ。

　当たり前だが誰もそんな貧乏くじみたいな仕事はやりたがらないので、かわりにギルドの貢献度が上がりやすいように設定されている。

　ギルドマンはこの貢献度を稼ぐことによって様々な特典を受けられたり、優遇されたりする。工作室とか資料室を利用できたり、あとは一定時間ギルドの個室を使えたりするって感じだな。

　何より普段から貢献度を積んでおけば時々発生する面倒な大規模作戦に駆《か》り出《だ》されることもなく免除してもらえることもあるので、決して見過ごせないポイントだ。

「それにしてもソロでホブゴブリンを含む四匹を同時討伐だなんて……モングレルさん、いい加減にそろそろ昇級試験を受けたらどうなんです？」

「嫌だよ。怖い任務増えるじゃん」

受付のミレーヌさんをはじめ、ギルドの連中は毎度毎度俺に昇級を持ちかけてくる。

今の俺はブロンズの3。シルバーに上がればもっと割のいい仕事がもらえるっていうメリットもあるにはある。

だが、それはそれで厄介《やっかい》なんだよな。任務の危険が増えるのはまだしも、面倒な義務もくっついてくるんだ。緊急の盗賊討伐とか、徴兵《ちょうへい》とか徴兵とか徴兵とか……。

ダラダラと生きていく分には、今のブロンズをキープするのが一番だと思っている。

「まあ無理強いはしませんけど……この後はまた酒場に？」

「そりゃそうよ。ミレーヌさんも飲みに行かない？　一杯奢《おご》るよ？」

「ふふふ。私はまだ仕事が残っていますので」

「ちぇ、つれないね」

顔は普通、仕事も適当で出世欲はなし。そんな男に靡《なび》く女などそうそういない。街でエリート職扱いされているギルド受付嬢であればなおさらだろう。

しかしこうやって毎度素っ気なく振られるのも、それはそれで安心できるやり取りなんだよな。逆にミレーヌさんにＯＫされても困惑するっていうかね。

「さーて飲むぞ飲むぞー」

「おうモングレル、仕事終わりか？」

「おー、バルガー。貢献度稼ぎでな。軽ーくゴブリンを一撫《ひとな》でよ」

「なんだゴブリンかよ。まぁお疲れさん。店は森《もり》の恵《めぐ》み亭《てい》だろ？　一緒に飲もうぜ」

# 第一話　中途半端な剣

「奢らねえぞ？」

「そんな持ってねえだろ。自分で払うわ」

声をかけてきたこの冴《さ》えない髭面《ひげづら》のおっさんは、バルガーという。

小盾《こだて》と短槍《たんそう》という、これまた冴えない武器構成をしたギルドマンである。

しかし冴えないビジュアルにもかかわらず腕前は一級品で、地味……堅実な闘い方によってシルバーランクの中堅として長年活躍している、いわばベテランだ。

俺もこの街に来たばかりの頃はよくバルガーから色々なことを教えてもらい、世話になった。俺にとってはこの世界での兄貴分に近いだろうか。

今じゃ時々顔を合わせて飲みに行く、未婚のダメなおっさん同士なわけだが。

「モングレル、お前、いつまでそのバスタードソード使うつもりなんだよ」

「悪いかよ？　良いぜバスタードソードは。ぶっ壊れるまでは使い続けてやるわ。バルガーだってそうだろ？」

「物持ち良いねぇ。まぁ悪くはないけどなぁ……片手では重いし両手持ちでは軽い。使《つか》い辛《づら》いだろ、それ」

「慣れれば平気さ。結構気に入ってるんだぜ、中途半端なところとかな」

「なんだそれ」

さて、今日はエールと串焼きで優勝してきますか。

明日の仕事はどうすっかなぁ。

# 第二話　時々清掃人

BASTARD・SWORDS-MAN

「モングレルさん、また清掃ですか？」

「おうよ」

俺は受付のミレーヌさんに依頼票を差し出した。

今日の任務は、最低ランクのアイアンのギルドマンでも受けられるような雑用……都市清掃だ。

ほとんど金にはならないし人気はないのだが、その分貢献度《こうけんど》がやや高め。

何より綺麗《きれい》好《ず》きな俺にとって、掃除はさほど苦ではない仕事だった。

つーか汚いんだよこの都市。全体的に。そこらへんにゴミやら馬糞《ばふん》やらが転がってるし。くっせぇのよ。

俺がよく利用する道くらいは綺麗であってほしいんだわ、ホント。

「変わってますよねぇ……助かりますけど。清掃用具はいつもの倉庫にありますので、そちらをどうぞ。使い終わったらある程度は綺麗にして返してくださいね」

「はいよー」

# 第二話　時々清掃人

都市清掃はゴミ拾いを中心に、必要とあらば汚物の回収も行う。

現代人の感覚で言うと、地面に落ちてる紙屑《かみくず》と馬糞のどっちが汚いかというと、まぁ大抵の人が馬糞を選ぶと思う。でもこの都市では雨で流れないものの方がゴミとして厄介者《やっかいもの》扱いされているので、優先度的には固形物の回収がメインなわけ。多分、下水の詰まりに直《ちょく》で影響するからじゃないかと思う。

都市清掃とは別に下水道掃除なんてのもあるが、俺はそっちは絶対にやらない。臭いので。

「モングレル先輩、また都市清掃してるんスか。怪我《けが》してるわけでもないのに」

「お？　ああ、なんだライナか」

ゴミ拾いをしてると知り合いから声をかけられた。

色気のない細く小さな身体に、青い短髪。ある意味で俺の後輩と言って良い女。弓使いのライナだ。

こいつは弓使いと魔法使いで組んだパーティー〝アルテミス〟に所属している。遠距離攻撃の若き名手として、最近は名前もちょくちょく聞くようになった。

さっぱりしたショートカットに起伏《きふく》のない身体。色気がないのは相変わらずだが、こんな俺相手でも一応は先輩として立ててくれる。なかなか可愛《かわい》い奴《やつ》だ。

「向こうにいるのは〝アルテミス〟の連中か。これからパーティーで任務に出かけるのか？」

「っス。弓の練習がてら、ルス村でホブゴブリンの討伐《とうばつ》っス。最近、村の養蜂場《ようほうじょう》近くで被害が出てるらしいんで、その討伐任務っスね」

「おー、ホブゴブリンか。ぶん殴られないように気をつけろよ」

「先輩たちがいるんで平気っスよ。もう私もソロじゃないっスから」

そうか、ライナも〝アルテミス〟に入ってそこそこ経《た》つもんな。もうパーティーの空気にも慣れたことだろう。

……と思って少し離れた場所にいるアルテミスのメンバーに目を向けると、パーティーリーダーのシーナから厳しい目を向けられた。

〝これから任務なのに長話してんじゃない〟と言いたいのか、〝男が気安くうちのライナに話しかけるな〟とでも思っているのか。

いや、あの睨《にら》み方《かた》とはそれとは別件だな……。

「モングレル先輩ももっと普通の討伐とか護衛、やった方が良いっスよ。色々変なの買ってるんスから」

「変なの言うなよ。俺はハルペリア一買い物上手《じょうず》な男だぜ？」

「っスっス」

「ほら、ライナの保護者一同が心配そうに見てるぞ。さっさと向こうに合流してやれ」

「あ、それもそっスね」

ライナはぱたぱたと小走りで、仲間たちのもとへと駆け寄っていった。

相変わらずちっこい子供みたいな奴だ。なんとなく見てて癒《い》やされる。

「……モングレル先輩！　また今度、お店でお酒飲まないっスか！」

「おー、良いぞ。いつもの森《もり》の恵《めぐ》み亭《てい》でな。まぁ、いつかな！」

俺が答えると、ライナは満足そうに大きく頷《うなず》いて〝アルテミス〟の仲間と一緒に歩いていった。

「あの人がモングレルさん？」

「っス。神的に良い人っス」

「そうかしらね……雑用任務ばかりで、うだつが上がらないって話しか聞かないけど……」

「まー、ライナがそこまで言うなら少しは信用できる人なのかなー……？　あ、私ちょっと買い物忘れてたからみんな先に馬車駅で待っててくれない？」

「馬車はもう待っているんだから、急ぎなさいよ。ウルリカ」

「はーい、ごめんなさーい」

まぁ、遠巻きにちょっと言われるようなことは今でもたまーにあるけども、面と向かっていきなりぶん殴られるようなことは今はない。

街の連中たちと話しながら街を綺麗にして、色々と手伝ったりして。

そうしてると自分が社会の一員になれた気分になるし、実際に街も綺麗になる。良いことずくめだ。

何より、この貧乏そうな仕事してるアピール。これも地味に大事なんだよな。

羽振りがいい奴はすぐ犯罪者やチンピラに目をつけられるけど、俺みたいな貧乏臭いことしてる奴を狙う馬鹿はそうはいない。

街にとっては無害な存在。そう思われておくことが処世術としては大事なのだと、なんとなく俺は思っている。

# 第三話　異世界の食事情

メシが不味《まず》い。

それがこの世界のメシ事情の全てだ。俺から言わせてもらえば、全く過言でもない。

この国における主食は粥《かゆ》かパンのどちらかになる。

だがどっちも不味い。パンは黒パンというか、雑穀交じりというか、まあふわふわとした上品なパンじゃないし。粥の方も白米で作ったようなものではなく、オーツ麦のようなものを原料とした粥だ。燕麦《えんばく》といえば良いかな。とにかく食べたときの違和感が凄《すご》いんだわ。

スープ類も大して美味《うま》くない。なんというか、ダシが薄い。旨味《うまみ》成分が少ないんだよな。この世界じゃ肉片と豆類で旨味を出しているつもりなんだろうけど、地味だ。コンソメキューブが欲しい。塩味の濃さでなんとかやろうとしてる感が強い。

サラダはもう論外だ。物によってはかなり美味いんだが、積極的に品種改良されてるわけじゃないからこう……俺の中では〝雑草かな？〟って味がするんだよな。

舌が肥《こ》えすぎだろって言われると、仰《おっしゃ》る通《とお》りですと返すしかない。

つっても俺は元現代人だぞ。そりゃ舌だってブクブクだわ。多少はここの味にも慣れたが、前世の味を忘れられたわけではない。

しかし、そんなこの世界でも美味いモノが存在する。

肉だ。

「肉おいてけオラァ！」

「ブギィィッ」

クレイジーボアの突進をひらりと躱《かわ》し、横から喉元を一閃《いっせん》。深く切り込んだ傷口からはドクドクと血が溢《あふ》れ出《だ》す。

ボア系の中でもトチ狂った突進で被害の多いクレイジーボアの討伐《とうばつ》依頼。

ただのイノシシと舐《な》めてかかる新人ギルドマンを何人もブチ殺してきたこいつの討伐依頼が来ると、俺は密《ひそ》かに心の中でガッツポーズを決めてしまう。

それはこのクレイジーボアの肉が、なかなか美味いからだ。

「っしゃ血抜きだ！　モツ抜きだ！」

レゴール近郊のバロアの森には所々に川が流れている。クレイジーボアの巨体は九十キロ近いが、それを軽々運んで川の中へとドボン。

さらにバスタードソードで腹を縦に掻《か》っ捌《さば》いて、内臓を雑に掻《か》き出《だ》す。内臓で食うのは肝臓《レバー》と心臓《ハツ》だ。他にも色々食える内臓はあるけど、処理がめんどいのと味が好みじゃないのとで捨てることにしている。

# 第三話　異世界の食事情

現代人では少々気後れするこの作業ももう慣れてしまった。

飢《う》えは時に人に強い行動力を与えてくれる。美味いもののためなら肉なんていくらでも掻っ捌くさ。

「よーし良いじゃん良いじゃん……」

肉は脂《あぶら》が乗っていて、触るだけで手元から零《こぼ》れ落《お》ちそうだ。こいつは絶対に美味い。

内臓の他には舌《タン》も食う。このでっぷりとした舌が堪《たま》らないんだなこれが。

豚といえば豚足とかもあるらしいけど、処理方法がわからないのでチャレンジしたことはない。脳味噌《のうみそ》も怖いから避けている。

俺の基準としては、塩振って焼いて美味い部位が正義だな。

それだけで滅茶苦茶《めちゃくちゃ》美味しいのだからお手軽なものだ。下手な農作物や加工品を食うよりずっと良い。

だから俺は、こういう食用にできる魔物の依頼は積極的に受けることにしている。戦闘自体は楽だしね。ごちそうの居場所を教えてもらえる神クエストだ。

肉の両面を焚《た》き火《び》でよく焼き、塩を振る。焚き火だと煤《すす》で焼き加減が見えづらいこともあるから、念のためにじっくりと。

ある程度焼いてこれで良いだろうってタイミングで、そいつをそのまま口の中へと放り込む。

「……あー、うっめ」

肉はその場で焼いて食うのと、燻製《くんせい》にするのと、持って帰るのとに分けている。

内臓系は猟師《りょうし》の特権ってやつでさっさといただく。特にレバーはあまり野菜を食わない俺に必要そうな栄養素を与えてくれる気がするので大切だ。焼いているうちにその必要そうな成分が流れ出たり壊れたりしてるかもしれないがそこは知らん。

舌も人にくれてやるよりは自前で食いたいので優先かな。背中の方の肉も美味いのでさっさともらっている。

脚肉は運びやすいし売り捌くのにも丁度いいので、換金用の肉として持って帰るようにしている。ちょっとした金になるほか、俺の趣味的なものとしてもなかなか役立ってくれるのだ。

恥ずかしながら、長年やっている割に手際は大してよろしくないと思う。

だからこの作業も森で野営しながら行っている。夜の森は普通に魔物も出てくるが、肉のためなら俺は全力を出すので問題ない。

……でも、あれだな。タレを作りたい。タレが欲しいんだ、タレが。

しかし醤油《しょうゆ》の作り方すら知らない俺にタレが作れるわけもなく、せいぜい香草入りの塩を作って振りかけるのが限界だ。

畜生……タレが恋しい。別に米とかはいらないがタレが欲しいぜタレ。

「あー食った食った。ごっそさん……よし、じゃあ撤収とするか」

自分の分の肉を堪能《たんのう》したら、あとは火の始末をして荷物をまとめて撤収だ。

# 第三話　異世界の食事情

暗くなって身動きできなくなる前に、速やかに帰るとしよう。

「おう？　なんだモングレル、また随分とでかいもん仕留めてきたじゃないか」

狩りを終えて俺の拠点とする街、レゴールへと戻ると、いつもの門番が暇そうに声をかけてきた。

俺は肩に天秤棒《てんびんぼう》を乗せ、前後に肉塊をぶら下げている。良い仕事をした後の勇ましい姿というやつだ。

「ちーっす、肉いかぁっすかー」

「肉屋かよ！　ガッハッハ」

「うちこういう店のモンですわ。通してくれますぅ？」

「はいよー。肉屋さんのモングレル、近郊の討伐任務ね。札よこしな」

「……左のポケットにあるから取ってくれない？　見ての通り動けねえんだわ。悪いな」

「野郎のポケットに手を入れさせんなよ……ほい、これだな。よし。けどお前、次から通用門から回ってこいよ」

「嫌だよ。こんくらい解体屋に頼まなくても自分でできるんだからな」

レゴールの門には物資を運び入れるための通用門が設置されている。

そっちは近郊の討伐任務で手に入れた魔物の死体とかを運び入れられるようになっていて、入ってすぐの所には解体屋もいる。

けどそこの解体屋に任せると、自分の手間はない代わりに手数料を差っ引かれるんだよな。

しかも毎回「毛皮は？」とか「胃の内容物は？」って訊《き》かれて面倒だし、「邪魔だから捨ててきました」って答えると嫌そうな顔されるし。正直あんまり利用したくはない。よほど大量の死体が出て解体が追いつかないくらいじゃないと使わないな。

俺は肉を自分で食いたいので解体は自分でやる。異論は認めない。

「変わり者だねぇ。肉屋に転職するつもりか？」

「考えないことはないけどな、そういう地味な仕事も」

「お？　ホントかよ」

「まあ俺は、腕っぷしの強さが必要な仕事の方が向いてるよ」

「だろうな。クレイジーボアを一人で転がせるんなら、お前にとっちゃギルドマンが一番だろうよ」

そう、別に今からだって肉屋もできないことはないんだろう。

でもせっかくのギフト持ちなんだ。これを活用しない手はない。特に身体の動く若いうちはな。

「あ、そうそう。森の中で燻製《くんせい》作ったんだ。これ、お土産《みやげ》な」

「おっ！　マジかよー！　貰《もら》っとくわ！　悪いないつも！」

「全員で食えよー。じゃないとまた揉《も》めるだろうからなー」

# 【第三話　異世界の食事情】

そして門番とは仲良くする。

別に何か後ろ暗いことがあって賄賂《わいろ》を渡しているというわけではない。単純に、こういう職業の連中とは常日頃から仲良くしておいた方が得なんだ。

顔馴染《かおなじ》みになっておくとなにかの時、例えば混雑時なんかはさっさと出入りができるし、夜の閉門ギリギリになってもワンチャン入れてもらえるかもしれないしな。

それに、街の人々には俺が腕っぷしだけのギルドマンだと思われていた方が、色々な事がやりやすくもある。

「じゃ、また森《もり》の恵《めぐ》み亭《てい》でな！」

「おー！　また飲もうな！」

さて、討伐報告したらさっさと肉パにしよう。

不味いパンやスープも、肉がたくさんあるだけでごちそうになるからな。

# 第四話　売られた喧嘩

この世界に転生したきっかけは、あまりよく覚えていない。

何かしらのきっかけがあったんだろうが、生まれた直後は赤ん坊だったせいか記憶があやふやで、そのままズルズルと生きてきたからさっぱりだ。

前世の最期《さいご》については思い出せないことが多い。死んだかどうかすらわからん。神様のいる謎空間を経由した覚えもねえ。まあ、だからって何に困るわけでもないから、今は特にそこまで気にしてないんだけども。

俺はハルペリア王国とサングレール聖王国の間にある小さな開拓村で生まれた。一応、村はハルペリア王国に属していたらしい。

ハルペリア王国とサングレール聖王国はそれはもう無茶苦茶仲が悪く、国境付近の土地を巡って戦争と和睦《わぼく》を繰り返している敵対国同士だ。

俺が生まれた時はちょうど戦争もない平和な時だったんだが、国が平和に飽きたのか、俺が九つになる頃に戦争が再開。両親はその時に死んでしまった。

で、面倒なのが俺の亡くなったこの両親。

# 第四話　売られた喧嘩

父がハルペリア人で、母がサングレール人だったんだ。

両親を失った俺はとりあえず親類を頼って、遠い町にいる父方のじいさんを訪ねてみたんだが、まあ敵国サングレール人の血を引いている俺に良い顔をするわけもなく。

黒髪に白のメッシュが入った、いかにもハーフって感じのガキを引き取る気にはなれなかったんだろう。

暴力こそ振るわれなかったが、手切金のようなものだけ渡されて冷たく追い出されたわけだ。

普通のガキならここらへんで詰むような人生なんだが、あいにく俺は普通じゃない。

俺は五歳くらいの頃には、転生特典なのか何なのか知らないが、奇妙な力に目覚めていた。この世界で言うところの〝ギフト〟ってやつだな。

それを使えば、ひ弱なガキでもどうにか食っていけるだけの仕事にありつくことはできる。

個人的には鑑定とか無限収納とか欲しかったんだけどな。まあ、そんなものがなくてもどうにかなるくらい、俺の持つギフトは有能《ゆうのう》さんだったわけ。

ここまで語ると、なんか成り上がっていきそうな主人公感があるよな。

戦争で両親を失った孤児の転生者。しかもギフト待ち。何も起こらないはずがない。

いや、俺も貧乏にはだいぶ懲《こ》りてたし、人と触れ合えない暮らしは嫌だったから、立身出世を目指さなかったわけじゃないんだ。

けどその前段階のギルドでその日暮らしを続けていくうちにこう……な？　別に贅沢《ぜいたく》しなければ今のままでも良いんじゃね？　って気持ちになっちゃったわけよ。

……まぁ俺だって、多分敵を倒しまくれば今よりどんどん強くなるだろうし、ハーレム生活だって夢に見ないわけでもないよ？

でも、そのために英雄として担がれたりだとか、腕っぷしで王様に成り上がったりだとか……それじゃ普通の暮らしなんか送れるわけもないよなって気付いたわけ。

それに戦いの中でちょっとした切り傷や打撲を負うのですら嫌だしね、俺は。安全な仕事以外何もしたくねえ。

同じ理由で大っぴらな知識チートもやってない。

村にいた時、一度だけリバーシ的なものを作って一儲《ひともう》けを企てたこともあったけど……村に広まってすぐに、何故《なぜ》か村長の息子のクソガキが開発した遊びってことになってたし。

それだけならまだしも、一月後くらいにクソガキが行方不明《ゆくえふめい》になるし。

……今ではリバーシは、貴族でどこかのお偉いさんが生み出した新しいゲームという触れ込みで王国に広まっているという。

熱狂してプレイする人が多いってわけでもないんだが、少しお高めのカフェなんかに行くと普通に置いてあるくらいには好調な売れ行きだそうだ。

いや、権力って怖いね。出る杭《くい》は打たれるってやつだ。

それを聞いて、出自が厄介《やっかい》なハーフの俺が表立って知識チートをしたいと思うかっていうとね。

ちょっと命がいくつあっても足りないかなってなるよね。

ハルペリア人とサングレール人は、前世でいう白人と黒人ほどではないにせよ、そこそこわかりやすい人種としての違いがある。

肌色や顔立ちはそれほど変わらないんだが、顕著《けんちょ》に出る違いといえば髪色だろうな。

ハルペリア人の一部は夜のような黒髪を持ち、一方のサングレール人の一部は光に満ちたような白髪を持つ。全員が全員そうでないにせよ、黒髪と白髪は両民族をわかりやすく区別する上では挙げやすい特徴だと言える。

黒髪に白のメッシュがいくつか走ってる俺の姿はまさに、ハルペリアとサングレールのハーフであることを全力で主張してるわけだな。

そんな俺がハルペリアで暮らしていると何が起こると思う？

ヒントは「ハルペリアとサングレールの仲が滅茶苦茶《めちゃくちゃ》悪い」だ。

良い子のみんなはわかったかな？

そうだね、人種差別だね。

「なんでギルドにサングレール人がいんだよ」

真っ昼間のギルドにて、聞き慣れない男の声がよく響いた。

角の立つ物言いをしたのは、わざと俺に聞かせるためだろう。

「サングレール人の奴隷にでも産ませたんだろ」

「ジジイみたいな髪しやがって」

「ハハハッ」

四人組の新顔だが、装備や立ち居振る舞いは素人《しろうと》ってわけでもない。護衛か何かの任務を受けてこの都市にやってきたのだろう。

だがこの都市で、しかもギルド内でわざわざこの俺を名指しで侮辱するとはな。そういう意味じゃこいつらは、そこらへんの素人よりもなってないモグリだ。

確かに俺はサングレール人とのハーフではある。

数年スパンで戦争してる敵国だし恨《うら》みを持つ奴が多いのもわかる。実際こうしていびられることも珍しくはない。

だが、長く国境を接しているからそれなりに交流の歴史もあるわけで、俺のようなハーフもてんで皆無ってわけでもないんだ。

俺はモロにそれぞれの特徴が髪に出ちまってるが、上手《うま》いこと生まれを隠して世間に溶け込んでいるハーフはここレゴールにだってそこそこの人数がいる。

だからこうして公然と人種差別をするのは、この異世界の都市をもってしてもそこそこ軽率な行いと言える。あー、だからつまり。

「なんだ、活きの良い新入りが来たな。けどギルドマン初心者講習会は今日じゃないぞ？日を改めて、入会費を持ってから来てくれや」

「……」

# 【第四話　売られた喧嘩】

買って良い喧嘩《けんか》もあるってことだ。

何にしても、言われっぱなしのままヘラヘラしても良いことはない。

世間に愛想よくするのは大事だが、こういう馬鹿に媚び諂《へつら》っていると逆に人望を失うこともある。

こっちは腕っ節の強さが必要な仕事で食っている。舐《な》められたら殺すくらいの気持ちでいる方が丁度良い世界なんだぜ。

全く、朝の道路清掃を終えて清々しい気分でゲロマズオートミールを啜《すす》ってたっていうのに、台無しだぜ。

席を立ってカウンターに目配せすると、受付嬢のエレナはちょっとうんざりしてそうな顔はしているものの、止めようとはしていない。

まぁ自己責任で勝手にどうぞってことだろう。あとギルド内ではやめろっていう圧もちょっと感じる。言われなくてもここじゃやらんわ。

「半分サングレール人のくせに、調子に乗るなよ。安っぽい剣しか持ってねえ素人が」

「俺はトワイス平野でテメェのようなサングレール人を五十六人はぶっ殺してやったぜ？」

「その気色悪い白髪を引きちぎってやろうか、おう」

いやさすがに五十六人殺しは盛りすぎだろ。どこの部隊長様だよ。そんな力あるなら首から下げた安っぽい銅のアクセサリはなんなんだよお前。

「ここじゃ飯食ってる連中に迷惑だ。やるなら外でやろう」

「上等だ」

こうして俺は四人のチンピラと一緒にギルドの外へと出てきたのだが。

「くたばれ」

建物を外に出た瞬間、すぐ横で待ち構えていた男が拳《こぶし》を振りかぶってきた。

いやおま、卑怯《ひきょう》だろそれ。集団でリンチどころか不意打ちって逆に気合い入ってんな。

「へっ、そうくると思ってた……ぐヘッ」

鈍い打撃音と共に、俺の身体が路肩に転がる。

男の放ったパンチが完全に油断してた俺の頬に見事に突き刺さり、吹っ飛ばされてしまったのだ。

やだ、口の中ちょっと切ったかも……。

「……なんだこいつ？」

「いっ……たくねぇー、効かねえー……見た目ほど痛くねえわコレ……いやマジで……」

「ハハッ、馬鹿が。お前ら、やっちまえ」

「おうっ」

弱いと見るや、男たちが一斉に襲いかかってくる。

完全に決着を確信した勢いだけの突撃。変に警戒しながら囲まれるよりは随分とやりやすい。

# 第四話　売られた喧嘩

「よくもやってくれたな、オラァ！」

「ぐえっ」

カウンターで一発腹にぶち込み、一人を沈める。

その間にも三人が殴ってくるが、それを華麗に……避けれたら苦労はしないので、殴られながら反撃する。

「いでっ⁉」

「なんだこいつ、強……⁉」

「レゴールでこのモングレル様に喧嘩を売るってのがどういう意味かわかってんだろうなぁ⁉」

「ぐべぇ」

スタイリッシュにかわしながら一方的に相手を沈める戦闘テクニックなんてものは俺にはない。

なので多少殴られるのを許容して、魔力をガンガン込めた身体強化ブッパで反撃する。

身体強化。それは肉体に魔力を注ぎ込むことで生まれる強化現象だ。

魔力を込めれば肉体は頑強になり、力を増す。上がり幅は注ぎ込む魔力の量にもよるが、俺は持ち前のギフトの影響もあるのか、この身体強化が大の得意だった。

さあ、いくぜ。ノーガードでの殴り合いの始まりだ！

こっちも痛いがそっちはもっと痛いだろオラッ！

「や、やめてくれ、もうやめ……悪かった、謝る……」

「うるせえ馬鹿！　俺の髪をちぎるっつってたよなお前⁉　許さんぞ！」

「ぎぃっ⁉」

前髪をほんの少しぶちぶちっと引き抜いて、頭突きで沈める。これで二人。

「す、すまねえ、俺は何も……」

「なにが五十六人だ！　ホラを吹くならもうちょっとキルスコア減らせ馬鹿！」

「うぎゃぁ！」

できるだけ情けない青あざが顔に浮き出るように殴り飛ばす。三人め。

「お、お助けぇ」

「不意打ちしたくせに許されると思ってんじゃねえぞ！」

「いっだぁ⁉」

こいつはシンプルにムカつくし性根が腐ってそうだったので、手を殴りつけて指を折っておいた。痛みに悶《もだ》えてうずくまる最後の一人。

「わ、悪かったよ。俺らが悪かった。もうあんたに喧嘩は売らねえ……」

「お前、馬鹿にしたな」

「悪かった！　悪かったです！　もうサングレール人なんて言いません！」

「お前は俺の、バスタードソードを馬鹿にしたよなぁ⁉」

「えっ⁉　あっ⁉　いや、してはなぁ……い、です……！」

# 第四話　売られた喧嘩

「喰《く》らえバスタードソードキック！」

「ぐぼぇぇえっ⁉」

腹に蹴りをぶち込み、始末完了。

ケッ、綺麗《きれい》に清掃した道路が汚れちまったぜ。

「二度と俺とバスタードソードをコケにするなよ」

倒れ伏す男たちに吐き捨てて、俺は静かにギルド内へと戻っていった。

「やるねぇ、モングレル。外から見てたよ。四人相手に怯まんとはな」

「いてぇ……超いてぇよ……ふざけやがってあいつらマジで……不意打ちはダメだろうがよ……」

「お疲れ様です、モングレルさん。任務の評価もあまりよろしくない、素行の悪さの目立つパーティーでしたからね。今回のことも踏まえて、彼らの査定を落としておきますか」

「ガンガン落としてやれエレナ……あと治療室使っていいかい？」

「構わないですけど、お金は支払ってもらいますよ。後でで良いですけど」

「払うから頼むわ……いててて……」

周りに自分の力をある程度見せつける意味も込めての今回の立ち回りだったが、痛いのは割に合わないな、やっぱ。

次があればスタイリッシュに避けながら戦う方法を考えておこう……。

「……モングレル、あれで昇級しないのか」

「らしいですよ、副長。振られる仕事が好みじゃないそうで」

「はぁ。強いのにもったいないねぇ」

# 第五話　後輩と半額の日

俺には贔屓《ひいき》にしている酒場がある。

ギルド内の酒場も顔馴染《かおなじ》みが大勢いるから利用する機会は多いのだが、いかんせん値が高くて品揃《しなぞろ》えが悪い。あそこはあくまで飲むだけとか、待ち合わせだとか、ギルドマン同士で交流するとかのための場所だからな。お高めの値段設定も、居着かれたら混雑して困るからって理由なんだろう。

だから俺が食堂として利用する酒場は、また別の店。ギルドにほど近く、宿も併設《へいせつ》されてない料理一本でやってる店だ。

その名も森《もり》の恵《めぐ》み亭《てい》。

普段から安くて美味《うま》い人気店だが、今日この店は、いつも以上の賑《にぎ》わいを見せている。

「はいよボア串、お待ちどおさん」

目の前に脂《あぶら》の乗ったボアの串焼き肉が差し出される。パラパラと撒《ま》かれた岩塩が脂の上で半分溶けている。こりゃたまらん。いただきます。

「ハムッ、ハフハフッ」

BASTARD・SWORDS・MAN

六本一気に来た串焼き肉にすかさず食らいつく。

塩味の利いた脂たっぷりのボア肉の串焼き。それが今日はいつもの半値で食べられるんだとよ。やべえだろこれ。

まだ外もギリギリ暗くなる前だってのに、店の表に出てた看板見てすかさず滑り込んじまったわ。

なんでも討伐《とうばつ》に出てたギルドマンパーティーがたくさんのボアを仕留めてきたらしく、おかげで肉を大盤振《おおばんぶ》る舞《ま》いしてるらしい。

店主がどんぶり勘定なものだから値段はそのままで串焼き肉が二本出てくる。だから実質半値なわけ。たまんねえぜ。もうここに住んで良いか？

「モングレル先輩じゃないスか。うわっ、めっちゃ食ってる」

「モガ？」

「いや口の中のもの飲み込んでからでいいスよ。相変わらず串焼き好きっスねぇ」

俺の隣のカウンター席に座ってきたのは後輩弓使いのライナだった。

青のショートカットにジト目。背の低さのせいで子供に見られがちだが、確かもう十六歳だったはずだし、この世界ではライナも立派な成人扱いだ。

「……ふぅ。ライナか、お疲れさん。見ろよこの串焼き、今日これ半額だぞ？　時代きたな、これ」

「いや知ってるスけど……そのボア、ウチら〝アルテミス〟が卸したやつっスよ。丘向こ

うの林にすごい数のボアがいて、それを皆で討伐して……射抜くよりも解体の方がしんどかったっス。ウルリカ先輩の解体の手際がなかったらもう一日くらいかかってたかもしれないっスね」

「え、この肉、ライナたちが獲《と》ってきたのか」

「そっス。ふふん、この店以外にも卸せるくらい大量っスよ。だから今日と明日は飲みっぱなしにする予定なんスよね」

「ライナお前……なかなか腕を上げたじゃねえか……俺は嬉《うれ》しいぞ」

「……モングレル先輩、この前私がオーガを討伐した時よりベタ褒めで、それ全然嬉しくないんスけど……オーガを倒すためにどれだけキツい死闘を繰り広げてきたと思ってるんスか……」

「なんだよ。心から誉《ほ》めてんだよ。まんざらでもない顔しろ」

「無理っス。あ、すんませーん！　エールひとっつくださーい！」

「ん。俺にもおかわりー！」

「はいよー」

　大量の塩串焼きにがっつきながら飲むうっすいエール。これが良いんだ、これが。

「……そういえばモングレル先輩、最近ギルドで喧嘩《けんか》したって聞いたんスけど」

「あ？　あーそうだな、四人組の流れのチンピラでな。素人《しろうと》丸出しで襲いかかってきやがったから、俺の華麗な武術でヒラリヒラリと避けながら一方的にボコしてやったわ」

「聞いた話と滅茶苦茶《めちゃくちゃ》違うんスけど。めっちゃ泥試合って聞いたっスよ」

「なんだよ知ってんのか。ちぇ」

「でも四人相手に勝つってのは普通にすごいっスね」

「だろ？　まぁ、けど向こうも半端者の集まりだったしな。相手が良かったよ」

　昨日のギルド外の乱闘騒ぎ。ああいうのはさほど珍しいことではない。

　軍役を経験した奴《やつ》だとか他所の地方から流れてきた奴だとかは、新しい土地では自分の力を手っ取り早く誇示するために乱暴な真似《まね》をすることも多いんだ。

　連中も一人で粥啜《かゆすす》ってる俺を見てカモになると思ってたんだろうが、アテが外れちまったな。悪いな、こっちはこう見えて転生チート冒険者なんだ。

　勝ち方は地味だったけど、それでいい。シルバー昇級を拒否してる腕の立つブロンズならあのくらいだろうからな。

　やろうと思えばもっと圧倒的な力でねじ伏せることもできたが、そんな力を公然と見せても良い事は少ない。

　……いやほんとだよ。俺にはまだ見せてない力があるんだよ。マジだって。

「モングレル先輩もさっさとソロやめてパーティー組んだ方がいいスよ。バルガー先輩とかもよく誘ってるらしいじゃないっスか」

「いや俺はそういうの向いてないから……人のいびきとか歯軋《はぎし》りとか寝相の悪さとかダメなタイプだから」

「お貴族様じゃないんスから……」

そうでなくても、いざという時に本気を出せないのは嫌だしな。

万が一にも予期せぬ強敵が現れた時なんかは味方が足手纏《あしでまと》いになりかねん。だから俺は今後もソロを辞めるつもりはない。

「ライナはどうなんだ。〝アルテミス〟では上手《うま》くやってるか？　いじめられたりとかしてないか？」

「いやいや、みんな良い人っスよ。弓の詳しいこと色々教えてくれるし、お金もきっちり分けるし。すっごく良いパーティーっス！」

「お、そっか。良かったなぁ、良いとこ見つかって」

「っス」

ライナが村から出てきた時はまだ、同じ村の同世代の連中と一緒に組んでいた。

しかし、その仲良しパーティーも数ヶ月で雰囲気が悪くなり、解散。その後はライナも二つくらいのパーティーに入ったりしたものの、馴染めなかったり色々あったりで辞めている。

今こうして〝アルテミス〟で居場所を見つけられたのは、本当に良かったと思う。

職場環境は人間関係が全てなとこあるからな……。

「はぁい、おまちどさん」

「わぁ、めっちゃ美味そっス！」

「ん？　なんだそれ」

「知らないんスか先輩。ソテーに柑橘《かんきつ》の皮のジェルを乗っけてる料理スよ。貴族街ではよく食べられてるみたいスよ。ウチのシーナさんも言ってたっス」

あー、そういうね。なるほどそういうやつね。

「……なんスかその顔」

「わかってねぇなライナ。通は塩だぞ。素材本来の味を楽しめるんだ。最終的にたどり着くのは塩なんだぞライナ」

「私さっきモングレル先輩のことお貴族様とか言っちゃったスけど、やっぱ先輩貧乏舌っスよね」

「馬鹿やろ、おま、俺はハルペリアで最も繊細《せんさい》な味覚を持つ男だぜ？」

「っスっス」

年々ちょっとずつ可愛《かわい》げがなくなっていく後輩の成長を喜びつつ、今日は腹一杯串焼きとエールを楽しんだのだった。

# 第六話　収穫時期の街道警備



ハルペリア王国の国土は広い。そして、そのほとんどが農業や酪農《らくのう》に適した平地だ。多少ある起伏《きふく》も緩やかな丘陵《きゅうりょう》ばかりで、山地は所々にある程度。

そのくせ国の真ん中あたりには大きめの河も流れているという神立地だ。

弱点らしい弱点は鉱物資源が少々寂《さび》しいことと、石材が少ないことくらいだろうか。だがそれも安定供給され続ける小麦の山を思えば些細《ささい》な問題だ。

ハルペリアはその名前と国旗に入っている図案が示すように、大鎌《おおがま》……いわゆる農民が使うハルペの力を中心として発展した国だ。

国民の多くは何らかの形で農業に関《かか》わっているし、その農業人口の多さから誰も農民を蔑んだりすることはない。

色々と国から手厚い補助を受けられるし、上手《うま》いことやってる農園なんかには意外と金持ちも多いのだ。

が、国土が広いっていうのはそれだけで維持管理が大変である。

収穫前の忙《せわ》しないシーズンになるとどうしても、その浮かれた空気のなか羽振りの良さそうな荷馬車を狙ってか、小狡《こずる》いことを考える輩《やから》が街道沿いに増えてくるわけでして。

「ミレーヌさん。この街道警備、俺一人じゃダメなのかい？」

「ダメです。……前の年も言いましたよね、これ」

「マジかー、八人以上で組むのかー。人多いと落ち着かないんだよなぁ」

「この時期の街道警備はならず者たちへの示威《しい》も兼ねてますから、数が揃《そろ》ってないと意味がないんですよ。単純に危ないですしね。諦めて受注してください。面倒でしたらモングレルさんはこちらで適当に割り振りますから」

俺はソロ専だ。

が、しかし完全になんでもかんでもソロで好き勝手できるわけではない。

なぜならギルドは偉いから。偉い組織の決定には残念ながら従う他にないんだこれが。

そもそも収穫シーズンの護衛任務は毎年恒例で、ブロンズ以上のギルドマンは全員強制参加の仕事だ。

軍属の連中もギルドマンたちも街道や人の少ない農村なんかに駆り出され、警備や手伝いにあたる。

収穫は大人から子供まで総出でやるものとはよく言うが、このハルペリア王国では、まさに国民全員が働き手になるわけだ。

いいや、まあ良いんだけどな。街道警備も農村付近の見回りも大してキツい仕事ではないから。

ただこれなー、村の好意という名目で強制的に収穫祭に参加させられるのがわりとしんどいんだよな。

よくわからんヘンテコな踊りを踊らされるし。酒飲むとほぼ間違いなく力自慢大会が始まるし。大して好みの味付けでもないご馳走《ちそう》を腹一杯食わされるし。

なんで田舎《いなか》の爺《じい》さん婆《ばあ》さんは異世界でもあんなに飯食わせようとするんだろうな……？

俺はそろそろ胃袋がつらい歳《とし》だよ……。

「そういえば、〝アルテミス〟があと二人分空いてますけど。モングレルさんの知り合いもいますし、そちらに入れておきましょうか？」

「やだよ、あそこ女しかいないもん。女だらけの集団に男一人とか罰ゲームみたいなもんだよミレーヌさん」

「酷《ひど》い言い草ですねぇ……そういうわけでもないんですけど。あ、じゃあこちらの〝レゴール警備部隊〟の方々の任務はいかがでしょう。三班のカスパルさんとお知り合いでしたよね？」

「おお、カスパルさんのパーティーに空きがあるのか。ちょうど良いや、じゃあそこにお願いできるかな」

「派遣先はレゴールから結構ありますけど？」

「どうせやらなきゃいけない仕事だしなぁ。せっかくだから遠出して、見慣れない景色でも楽しんでくるよ。ミレーヌさん、お土産《みやげ》何が良いとかあるかい？」

「ギルドマンの無事の帰還こそ、私たちにとって最良のお土産ですよ」

おそらく今までに何度も男どもに言ってきたであろう〝お前の土産はいらね〟の上品な言い換えに、俺はちょっとだけ傷ついたのだった。


「やぁモングレルさん。久しぶりですねえ……元気そうで何よりですよ……」

「おおカスパルさん、お久しぶりです……けどまたなんかやつれてませんか。大丈夫なんですか、それ」

早朝。ギルドの資料室前のベンチにひっそりと集まっている爺さんたちの中に、カスパルさんはいた。

彼はこの街の〝レゴールの警備部隊〟に所属する腕の立つヒーラーである。

が、カスパルさんの身体は小刻みにプルプル震え、何故《なぜ》か既に眠そうな半目の下にはくっきりとしたクマが出ている。

正直、何徹したらこんなビジュアルになるのか俺にはわからない。医者が見てたら迷わずドクターストップをかけているところなんだが、残念なことにカスパルさん自身がヒーラーであり、医者だ。

医者の不養生とはまさに彼のことだろう。

「いやぁ、昨晩貴族街から急患が来ましてねぇ……本当は私も明日に備えて休みたかったんですが、顔馴染《かおなじ》みだし、私の腕を見込んでわざわざ来たんだと言われたら断れなくてねえ……」

「……お疲れ様です。てか無理はしないでくださいよ、ほんと。今日大丈夫なんですか、その調子で」

「ああ、私らは馬車に乗ることになってますからね……そこで休ませてもらうつもりですよ。平気平気……」

どう見てもカスパルさんが一番急患っぽいオーラ出してるんだけどな……。

「やぁどうも。モングレル君だったかな？　話はカスパルさんから聞いとるよ。私は三班班長のトマソンだ。歳食った男ばかりのパーティーになるが、まぁよろしく頼むよ」

「どもども、トマソンさん。モングレルです。カスパルさんにはいつもお世話になってます。今回はよろしくです」

〝レゴール警備部隊〟はなんというか、雰囲気的には町内会のおっさんの集まりみたいなんだよな。

気心知れた男たちが集まって見回りしてるというか。

もちろん彼らは歴《れっき》とした警備隊のメンバーなので、実力は確かだ。……少なくとも若い頃は。

まぁそれでも腕前に関しては、新米ギルドマンを寄せ集めたパーティーという名の烏合《うごう》の衆《しゅう》よりも遙《はる》かに信頼できるだろう。

出発前から既に死にかけてるカスパルさんも、かつては王都の教会に勤めていたエリートなヒーラーだ。

お偉いさんの不正や横領について問いただしたら、色々あってレゴールに左遷《させん》されたという経歴を持つ、温厚そうな顔に似合わずなかなかロックな爺さんである。当の本人にその時のことを聞いてみても穏やかに微笑《ほほえ》むだけなので、多分ガチのやつだ。

俺はそんな彼らの腕前を全面的に信頼している。

荷馬車は遠い農村に送り届ける必需品と死にかけのカスパルさんを詰め込み、予定通りに出発した。

荷馬車の進む速さは人の歩く速度とあまり変わらない。警備部隊の爺さんたちを含めた俺たちは馬車の前後に分かれ、それを囲むような陣形で歩いている。

まあ、歩く速さっていっても装備を着込んだ爺さんたちの歩きだからな。普通よりものんびりしたスピードだ。

歩いている間にも何度も使い古したであろう内輪ネタで、爺さんたちはガハハと陽気に笑い合っている。こういう空気の中には無理に入ろうとせず、遠巻きに楽しそうにしているのが一番だと俺は知っている。

「良い陽気だ。雨じゃなくて助かった」

「ほんとほんと。今年も豊作だわ」

道すがら、遠くの農地で麦を刈り取る農民の姿が見える。

麦わら帽子を被った屈強な男が、槍《やり》のように長い柄の大鎌を振るい、立ち並ぶ麦の壁を少しずつ切り崩しているらしい。

石突《いしづき》を腰に当て、身体ごとぐいっとスイングして鎌を薙《な》ぐ独特の動き。ああいうのを見ると、非効率だなぁとは思いつつも、こういう景色もまたひとつの文化でもあるんだなって気分にもさせられる。

柄の中ほどにハンドルを取り付けた大鎌、グレートハルペ。

王都の馬上騎士の装備の一つとしてあれとよく似た大鎌が採用されている。ほんとかよって感じだが、慣れると結構使い勝手が良いとかなんとか。ま、それでもロマン武器なんだろうけどな。悪くないとは思う。鎌かっこいいし。鎌単体は俺の趣味ではないけども。

「やー腰が痛い。すまんね、俺もちょっと荷台で休ませてくれ」

「ガハハ、歳だねぇ」

道中、何度か爺さんたちが荷物になったりで遅れは出たが、どうにか薄暗くなる前に最初の中継地点には到着できたのだった。

これをあと二日か三日は続けるわけよ。

異世界の移動は大変だ。まぁ、色々見てて楽しくはあるんだけどね。

# 第七話　畑の害獣駆除

道中は盗賊もゴブリンも湧かず、雨も降らないので終始穏やかなものだ。

カスパルさんの体調も日に日に改善し、警備目的の村に到着する頃にはすっかり元気になっていた。

しかしカスパルさん、薄めたポリッジ（オートミールとミルクの粥《かゆ》）を震える手でちびちび啜《すす》りながら時々無言でアルカイックスマイルを浮かべるという、なんかもう終末医療受けてるお爺《じい》さんみたいな飯の食い方をするもんだから、見ている側としては結構気が気でない。まぁ実際は元気なんだろうけどさ。なんか怖いのよ。

「収穫期は賑《にぎ》やかで良いですねえ……」

こういう収穫期の街道警備や村の警備には大抵、近隣の街にいる村出身の奴《やつ》らが里帰りも兼ねて行くことが多いんだが、トルマン村は田舎《いなか》すぎてそんな出稼ぎギルドマンもいない。

俺が拠点にしている都市、レゴールから近いというわけでもないんだが、他にトルマン村から近い街もなく、まあ不便な土地なんだ。

だから今回やってきた村に縁のない俺たちは完全なお客さまみたいなもので、普通なら警戒される。田舎はよそ者に厳しいからな。

しかしトルマン村はその辺り大らかな気風らしく、俺自身もサングレールのなんちゃらなんて言われることもなく良くしてもらえている。

今こうして農作業を眺めながらカスパルさんと穏やかに白湯《さゆ》を啜っていられるのも、結構ありがたいことだった。

例年だと風当たりが強かったりするんだが。

「カスパルさんはここでもヒーラーとしてなんかやるんですか？」

「ええ、午後の休憩時間に広場で、軽く治療を……収穫の時期は怪我《けが》する人も多いですからねえ」

「手とか切ったりしますもんねぇ。俺も村じゃよく血ぃ流してました」

「傷口に土や泥が入ると良くないですからねぇ。モングレルさんも気を付けてくださいよ……」

トラブルとしては草や刃物で手を切ることがほとんどだが、麦畑の中に潜んでいる野生生物が襲いかかってくることもあるのだからこの世界はなかなか気を抜けない。

好戦的なニシキヘビみたいな奴が畑から現れるなんてこともしょっちゅうだ。だからこそ不意の遭遇を防げる、柄の長い大鎌《おおがま》が好まれているのかもしれないな。

俺のいた村ではカランビット的な……猫の爪をデカくしたようなナイフを使ったちまち

ました収穫方法がメインだったたな。

あのナイフ、見た目からして暗殺者しか使わなそうなビジュアルのくせになかなか便利なんだ。段ボールの梱包《こんぽう》とかすげー開けやすそう。まぁ、今は愛用のナイフを持ってるからいらないんだが。

「おーい、そこの若いギルドマンさんよーう」

「モングレルさんですね。あちらの方がお呼びみたいですが」

「なんですかね。はーい、なんすかー」

「畑にゴブリンいやがってよー、畑の外で殺しといてくれねぇかー」

おっと、仕事の時間か。

三班の爺さんたちは警備で村を回ってるし、体力的にも俺が一番だ。

もう少しサボっていたかったが仕方ない。働こう。

「私もあとで広場に行かなければ。モングレルさん、お気をつけて……」

「うぃーっす。カスパルさんも無理しないでくださいよ」

ゴブリンはどこにでもいる。

多産だし、妊娠期間も短いし、猪《いのしし》とヤっても孕《はら》ませるし、悪食《あくじき》だし、何より小柄だ。

思いもよらない狭い穴の中に隠れ家を持っていることも多く、大胆にもこんな村のど真ん中や麦畑の只中《ただなか》で暮らしていることもあるほどだ。

背の高く育った麦畑はそれだけで遮蔽物《しゃへいぶつ》になる。

正条植えをしていれば多少は視線も通るのだろうが、この世界の畑のほとんどは適当なバラマキに近い。そのせいで、麦畑の奥は人の手の届かない場所となっている。

余程のことがない限りは収穫まで手入れもされない。田舎の若い男と女がコソコソ忍び込んで野外でチョメチョメするくらいのもんだろうか。

だからこそ小柄なゴブリンにとっては、麦畑はなかなか優れた隠れ家になってしまうのである。

「ほらあそこよ。野郎め、うちの麦を踏みつけやがって」

「あーいるなぁ。畑に血を撒《ま》くわけにゃいかないか」

「んだ。あっちの方で仕留めてもらえりゃ一番良い」

「はいよ。じゃあさっさとやっちゃうから、念のため別の作業やってて」

「んだな」

案内された収穫中の麦畑の奥には、確かにゴブリンたちらしき影が見える。

近くから悪臭が漂っているので間違いない。数は二匹ほどか。

地元の農家連中でも殺せる相手だが、せっかく俺らがいるんだしな。

本職の鮮やかな仕事を見せてやろう。

「さて、まずはこれかな」

ゴブリンは好戦的だが、まるきり馬鹿なわけではない。相手の方が強いと思ったら普通に逃げ出すくらいのことはする。

しかし、ムカつく奴がいたら怒りに任せて釣られる程度には単純な連中ではある。

「ほぉーらゴブリン君、わかるかなぁこの美味《おい》しそうな干し肉。んー、実に美味い」

取り出したのは干し肉だ。

作るのに少し失敗して、変な臭いが強く残った微妙なやつ。

しかし臭いがある方がこういう場面ではなかなか使えるもので。

「グガ」

「ギャッギャッ！」

疎《まば》らに麦が倒れたせいで見えやすくなった奥の方では、ゴブリンたちが「それは俺たちのだぞ！」と抗議でもするかのような鳴き声で俺を威嚇《いかく》している。しかしまだ飛び出そうとはしていない。けど、もう少しだ。

「ん～そんなに欲しいかぁ～？　じゃー皆さんにもひとくちだけ～……」

「ギャッ！　グキャッギャッ！」

「やっぱやーめたぁあああ！　うんめぇえええ！」

「グギャァアアアッ！」

はい釣れたぁ！　うっは、超怒ってる！

ゴブリンたちは麦をかき分けるようにこっちにズンズン向かってきやがった。さて、次は完全に畑の外まで引っ張るか。

「ほら見てくださいこのジューシーなお肉……まるでA5ランクのステーキのような上品

さ……！」

「グゲッ！」

「ギャァギャァ！」

「今ならこちらのお肉を視聴者プレゼントぉ～……しませぇええん！　おいしぃいい！」

身体能力もゴブリンよりも人間の方が圧倒的に上だ。

畑の土の柔らかさに足を取られないように気を付けつつ、ゴブリンたちに追いつかれることもなく釣り出すことができた。

ゴブリンは殺意満点だ。俺が一体何をしたっていうんだ？　俺はただ肉を美味そうに食っただけなのにな。まあ、これなら一匹仕留めても戦意が衰《おとろ》えなそうでありがたくはあるんだが。

武器は二匹とも棍棒《こんぼう》のみ。そのリーチもショートソード以下だ。

「さて、それじゃあ三秒クッキングを始めるか」

「グギャ……！」

バスタードソードを革鞘《かわざや》から引き抜き、猛《たけ》る一匹の頭頂部へと振り下ろす。

刃は口の辺りまで食い込んで、ゴブリンは速やかに絶命した。

「まずはゴブリンの叩《たた》き」

「ギッ……!?」

「お前は開きだな！」

# 第七話　畑の害獣駆除

驚きに身を固めた残る一匹も、胴体を深く袈裟《けさ》斬《ぎ》りにして終了。

まぁゴブリン相手なんてそんなもんである。

「おーい、ゴブリン終わったよー」

「ありがとなー」

その後収穫作業は再開され、俺はゴブリンの死体の後片付けというあまりやりたくない作業を任されたのだった。

こんなことなら血塗《ちまみ》れにせず殴り殺した方が良かったかもしれん。

# 第八話　ライナとミレーヌのお茶の時間

「え？　モングレル先輩、ウチらのパーティーと一緒にやるの断ってたんスか？」

「はい」

ギルド受付嬢のミレーヌさんに聞いてみたところ、既にモングレル先輩は収穫の護衛任務に出た後らしい。

……一緒にやろうって思ったのになぁ。

「んー、一度それとなくモングレルさんにお勧めはしてみたんですけどね。どうも〝アルテミス〟と一緒は気が向かなかったみたいで」

「えぇー……なんスかそれ……」

収穫期はギルドマンたちにとって仕事の季節。

故郷に戻って収穫を手伝いに行く人もいれば、即席のチームを組んで集団で任務に当たる人も多い……らしい。

私の所属しているパーティー、〝アルテミス〟はほとんどが女性だから、貴族街の御婦人の護衛とかの仕事が結構ある。

BASTARD・
SWORDS-MAN

でも、今回の派遣警備はそういうのとは関係なかったんだけどなぁ……モングレル先輩のことだから、女だらけなのは嫌だとか言ってたんスかね。言ってそうスね……。

ミレーヌさんに一緒の任務ができるようにお願いはしてみたけど、駄目だったかぁ。うーん……。

「ライナさん、モングレルさんと一緒の方が良かったですか？」

「えーまぁはい。……モングレル先輩とこの前会った時にっスね。あ、ウチらがオーガの討伐《とうばつ》を達成した任務あったじゃないスか」

「はいあれですね。ルス養蜂場《ようほうじょう》に突然現れたはぐれオーガ。〝アルテミス〟のおかげで解決した事件でした」

「それっス。……あの討伐よりも、クレイジーボアを大量に仕留めた時の方が偉いとか言って褒めてきたんスよ。ヤバくないスか」

「あ、あはは……」

オーガの強さくらい、モングレル先輩だって知ってるはずなのに。

クレイジーボアを何頭仕留めたって、あの時の激戦とは比べ物にならない。私だってめっちゃ頑張って戦ったし、そのことについて少しくらい褒めてくれたっていいのに……。

ボア退治の方がウケ良いってどーなってんスかねモングレル先輩は。

肉なんスかね。肉のことしか考えてなさそうスもんね先輩は……。

「だからまぁ……先輩と一緒に仕事して、私も成長したんだってところ、見せたかったなー……と」

「ふふ」

ミレーヌさんは私の話を聞きながら、薄く笑った。そしてペン立てに、最近の発明品とかで流行《はや》っているとかいうガラスペンを置いた。

どうやら仕事に一区切りがついたみたい。

周りを見回せば、昼すぎの中途半端な時間なせいか、すっかり人もはけている。

「ライナさん。そこ、座ったらどうですか。私も少し休憩するので、ちょっとお話でもしましょう。お茶でも飲みながら」

「っス。あ、お金は払います。もちろん」

「あら、偉い。奢《おご》ろうと思ってたのに」

「大丈夫っス。もう自分で稼げてますから」

ギルドの中で飲むお茶は決して安いわけじゃないけど、結構落ち着く。

何より自分で稼いだお金で一息つくのは、なんていうか地に足がついてるからか、満足感がある。

……村にいた頃は、こんな気分で休憩できなかったな。

「ライナさんも最近は落ち着きましたね。最初のパーティーにいた頃と比べたら……本当に良かったです。都市外からやってきた若い人のパーティーは、すぐにリタイアするか、最悪野盗に堕《お》ちてしまうこともあるので」

「やぁ……でもキツかったスよ。何やっても稼げないし、うまくいかないし、怪我《けが》したら儲《もう》けどころじゃないスもん……正直、最初の頃は何度も思ったっス。村に戻って頭下げて、猟師《りょうし》に戻してもらおうかなって」

「一緒にハイム村から来られたお二人はそうしましたよね？　ええと、名前はなんでしたっけ。男の子と、女の子と……」

そう。私は三人で村を飛び出して、レゴールへとやってきた。

田舎者《いなかもの》からしてみたら憧れの都会。ここでなら、村で鍛えた狩りの腕前で大金を稼げるはずだって。

……実際には、全然上手《うま》く稼げないし、宿代と最低限の食事代だけで精一杯だったんスけど。

まー、厳しい現実にぶち当たっただけっスね。

色々あって馴染《なじ》みの二人はさっさと村に戻っちゃったし。

「あの二人は良いんスよ。村でよろしくやってるっス」

「仲が良かったですものね」

パーティーを解散して、私一人になってからはさらに辛かった。

一人だと効率が悪いし、色々とお金がかかるし、何よりも寂《さび》しかったし……。

他のパーティーに入れてもらったりもしたけど、全然溶け込めなくて、失敗もするし、お金を騙《だま》し取《と》られたりなんてことも……。

「……モングレル先輩に出会わなかったら、私も村に帰ってたかもしれないッス」

一年とちょっと前くらい。

パーティーを転々としていた私は、レゴール近郊の森で野鳥狩りをしていた。

そこで出会った。

黒髪に、サングレール人のような白髪の交じった、一人ぼっちの男性と。

『ふっざけんなよ。なんで最大まで引《ひ》き絞《しぼ》って撃った矢が弾《はじ》かれるんだよ！　この弓矢壊れてるんじゃねえの⁉』

一人ぼっちのあの人は、市場で安売りされていたおもちゃのような弓矢でマルッコ鳩《ばと》を撃ち落とそうとしていた。

やべー奴《やつ》いるな、って思った。

どう見ても片腕より短い弓だったし、矢だって鏃《やじり》がついてるけど短いし。矢羽が何故《なぜ》か一枚なかったし。

『そんな弓で狩りなんてできるわけないっスよ』って。

相手は知らない人だっていうのに、思わず口に出ちゃったくらい。

言った直後はしまったって思った。変な人だし怒られるんじゃないかって、ちょっと身構えてしまった。

『マジで？　じゃあどうしたら良い？』

けどモングレル先輩は、まだちっさい子供で女の私に対しても、たぶん……対等に接してくれた。

騙しも、乱暴な真似《まね》も、馬鹿にするようなことも、絶対にしなかった。

『これ子供用の練習道具なの？　嘘《うそ》でしょ？　六百ジェリーしたんだけど？』

『逆にそういう弓の方が作るの大変そうだし、高いかどうかは私にはわかんないスね。ちなみに普通の弓だったらこんくらいの威力は出るっスよ、っと』

『うおお⁉　すげぇ！　速い！　武器じゃん！』

『いや武器スけど』

私が鳥を撃ち落とすと大げさなくらい驚いて。褒めてくれて。

『なぁ、この鳥さ。たくさん狩れるんだったらできるだけ狩ってくれないか？　内臓取って羽根毟《むし》ってくれるなら相場の四割増しで買い取るぞ。依頼はちゃんとギルドで出しても良い』

私がお金に困ってることを知ると、自分じゃあまり得にならないような取引を持ちかけてきて。

『狩りだけして帰ってくるのはもったいなくないか？　こういう山菜とか木の実とかついでに取ってってくりゃいいのに。門のとこで常時買い取りしてるぞ、コレとか』

『え、こんなの売れるんスか』

『煮詰めてジャムとかにするんじゃねえの。あ、でもこっちは揚げると美味《うま》い』

私に色々と、お金の稼ぎ方とか、ギルドでの身の振り方とかも教えてくれた。

……地道な働きを〝アルテミス〟の人らに認められて、パーティーに入れるようになったのは、全部モングレル先輩のおかげだ。

あの人とパーティーになって何かをしたって経験はないけれど、ずっとずっと裏から支えてもらえてたのはわかっている。

だから、まあ、その。

一度くらい一緒にパーティーに入って、仕事とかしてくれても良いんじゃないかって、思うんスけどね。

「ふふっ。モングレルさんね、結構好き勝手やってるように見えて……実際に好き勝手やっているけれど、面倒見は良い人ですから」

「スよね。私もそう思うっス。変な買い物するだけの人じゃないっス」

ギルドでのモングレル先輩の立ち位置は、変人だ。

迷惑なことをするわけじゃないし、明るくて友達とかも多いけど、まぁでも遊び人で、変人だ。

「……モングレル先輩も、一人じゃ絶対寂しいっスよ。私は先輩に寂しい思いしてほしくないんス」

そのせいか、モングレル先輩はずっと一人だ。

この前も流れてきたチンピラに喧嘩《けんか》を売られたっていうし、絶対に危ないと思う。

だから、どこかのパーティーに入ってほしい。

……ウチらのとこでもいいから。

「まあ、そうですね。心配なのは私も同じです。けれど、あの人もきっと、色々と考えがあって一人でいるのでしょうから。私たちが強制できるものではないですよ」

「……んー、まぁそれはそうスね」

「大丈夫です。モングレルさんはブロンズとは思えないくらい強いですし、精神的にも……まぁ時々変なことはしているようですが、誠実なのだけは確かですから。少なくともあの方は、悪事を働いたりすることはないでしょう」

「まぁ、そスね。悪いことするっていうのは、想像できないっス」

「きっと今も派遣先で、模範的な正義のギルドマンとして働かれていますよ」

正義、かぁ。

模範的な正義の……モングレル先輩が。

「フフッ」

「うふふっ」

「や、何笑ってるんスかミレーヌさん」

「いえいえ、ふふっ。ライナさんも笑いましたよ」

悪じゃあないけど、正義っていうのもどうなんスかねーあの人。

いやすげー良い人なんスけどね。

# 第九話　落穂拾い

BASTARD・SWORDS-MAN

「ウハハハハハ！　我こそは混沌《こんとん》の帝王テラ・カオスなり！　トルマン村の勇者たちよ！　我が邪悪なる力にひれ伏すが良い！」

「きゃー！」

「うわーっ！」

ダートハイドスネークの大きな頭を帽子の上にくっつけた不審者が、村の子供たちを恐怖のどん底に陥れている。

そう、何を隠そう、この俺モングレル……いや！　我こそは混沌の帝王テラ・カオスなり！

「キシャァアアア！」

「きゃー！　こえーっ！」

「こ、このぉー！」

「ウハハハハ！　混沌の帝王にその程度の武器など効かぬ！」

「このっ、このっ！　こいつめぇ！」

## 第九話　落穂拾い

「ウハハハ痛っ、肌出てるところを叩《たた》くとはなかなか素質が、痛っ！　……ぬぅん！　害悪ボスの特権、武器破壊！」

はい木の枝ボキーッ！

「あーっ！　壊したーっ！」

「ウハハハハ！　テラ・カオスに効くのは小麦に詰まった大地のエネルギーのみよ……！　貴様らが協力して落穂を拾い集めなければ、決してこの武器の封印は解かれぬのだぁ！」

そんなことを嘯《うそぶ》きながら、俺は懐《ふところ》に入れておいた小さな弓矢を取り出してみせた。

「弓だ！」

「それなに!?」

「ウハハハハ、落穂がこの袋いっぱいに溜《た》まったならこいつをくれてやろう！　それでこのテラ・カオスを倒せればの話だがなぁ！」

「……集めてくる！」

「俺も！」

「私、向こうの畑行ってくる！」

子供用の弓に釣られ、幼い子供たちはそれぞれの畑へと散っていった。

さんざん木の枝を振り回した後でこの元気。やっぱ子供ってモンスターだわ。

「お疲れ様です、モングレルさん……お上手《じょうず》ですねぇ、子供たちの扱い」

「あ、カスパルさん。午前の診療は終わりですか」

帝王変装キットを脱ぎ捨てると、村の広場で診療にあたっていたカスパルさんが戻っていた。

また何度も治療魔法を使ったのだろう。朝見た時よりも不養生ゲージが溜まっているようだった。ちょっと頰がげっそりしてる気がするが、多分気のせいじゃないだろう。

「収穫もほぼ予定通り終わり、あとは今夜収穫祭やって、明日帰りってとこですかね」

「そうなるかと。大きな怪我《けが》もなく無事に終わって良かったです。モングレルさんも、色々とお疲れ様でした……」

「いやいや、カスパルさんほどじゃないですって。マジでお疲れ様です。てかちゃんと寝てます？」

「いやぁ、虫と蛙《かえる》の声が……慣れないですねぇ、これぱかりは……」

「あー、王都も街も夜は静かなもんですからね。こういう田舎《いなか》はうるさいですよね。ま、休み休みやっていきましょ」

警備らしい警備は今日でおしまいだ。

数日の任務だったが、盗賊が来るなんてこともなく無事に終わって何より。

畑近くに出てきた虫とか蛇《へび》とかゴブリンを仕留めるだけで平和なもんだ。

炙《あぶ》り出《だ》されて街道や別地域に逃げていった奴《やつ》らがいたとしても、今の時期なら誰かしらの巡回に引っ掛かって処理されるだろう。そこらへんになるともう俺たちの仕事ではない。

「村の人らはどうですか。なんか重い病気とか、怪我とか」

「いましたね。ほとんど足腰でした。お辛《つら》かったでしょうに……」

「あー、まあ、この辺だと治療院もないでしょうしね。農作業なのに腰はキツい」

だからこそ腰の負担が少ない大鎌《おおがま》ってことでもあるのかもしれない。

しかし歳《とし》を食えば積み重なる負担を誤魔化《ごまか》すのも難しくなっていくだろう。

「……距離の問題もあります。お金の問題もあります。しかし何より、そんな現状でも構わないと諦め……適応できてしまう。そんな彼らを見るのは、正直なところ辛いです」

落穂を集めて次々にずた袋に放り込む子供たちを遠い目で眺めながら、カスパルさんは呟《つぶや》いた。

「都会の人間が七十年生きるところを、こうした村の方だと五十年ほどしか生きられないと言われています。治療を受けず、悪い病状が溜まり、やがて耐えかねて亡くなってゆく……しかし、村にとってはそんな生き方こそが常識で、疑問に思うことはない」

「……教育の問題ですか?」

「はい。つまりはそういうことなのだと、私は考えてます。……なんて。他所で迂闊《うかつ》に喋《しゃべ》ってはいけませんよ、モングレルさん。あまり農民への教育に気が進まない人々も、多いですから」

「うへー」

知らんかった。そんなこともあるんだな。

予想してなかったわけじゃないけど、はっきりとは見えてない地雷だったわ。

「……ヒーラーの数は常に逼迫《ひっぱく》しています。王都も地方も、それは変わりません。……王都は少々、治療の順番に〝横入り〟する方がいるせいもありますが、それを踏まえても圧倒的に数が少ないのが現実です」

「緊急じゃないと、下手したら何日も待たされますもんね」

「ええ。……私はそれをどうにかしたい。しかし、自分の体力と精神力を注ぎ込んでいるだけでは、救える命には限界があります。だからこそ、後進の育成をしなければなりません。ですが……」

落穂を拾い上げる子供たちの姿を見て、カスパルさんはため息をついた。

ヒーラーは専門職だ。その治療魔法の難易度は攻撃魔法よりもずっと高いと言われている。

だからヒーラーの数を増やすためには、子供たちへの手厚い教育が必要なのだが……。

農民に生まれ、農民として土地を継ぐことを望まれている子供たちには、なかなかその機会が与えられていない。

税を搾取《さくしゅ》されまくっていないだけマシなのかもしれないが、どん詰まり感はまぁ、ある。

「私のようなヒーラーの手が届かないのであれば、せめて……今より少しでも怪我がなく、病気がなく、健やかに暮らしてほしい。……この老体では、そう祈ることしかできません」

収穫祭は慎《つつ》ましくも田舎っぽい飯のスケール感で盛り上がり、夜は更けていった。

# 【第九話　落穂拾い】

俺としては、こういう民族的なお祭りは眺めてる側にいたいんだが、若い奴は爺《じい》さん婆《ばあ》さんのもてなしに引《ひ》き摺《ず》り込《こ》まれなければならない義務がある。

一緒によくわからんダンスを踊り、よくわからん歌を歌い、イマイチなごちそうを食い、おかわりが運ばれ、さらにおかわりが運ばれ、そんなことしているうちに祭りは終わった。

腹一杯でなんも食えねえ。

ご機嫌で振る舞われた料理もなんていうかね、うん。ごめんなさい、絶妙に美味《おい》しくない。本当に申し訳ないとは思ってるけど苦手なもんは苦手だわ。

「おじさんありがとー！」

「弓矢ありがとー！　おじさん！　また来てね！」

「お兄さんと呼んで良いんだぞ？　またな！　弓で人を狙うんじゃないぞ！」

償《つぐな》いというわけでもないが、長年お荷物になっていた子供用の練習弓矢をくれてやり、俺たちは帰路についた。

帰り道は班長のトマソンさんが収穫の手伝いで腰を悪くして、馬車のお荷物になっていたというトラブルこそあったが、それ以外は平穏なもの。

結局行きも帰りも大きな問題のない、実に平和な任務に終始してくれたのである。

収穫期は毎年気乗りしないけど、大鎌の扱いを少し体験させてもらったし、〝レゴール警備部隊〟三班の爺さんたちと仲良くなれたのは良かったな。

また今度何かで一緒になることがあれば、お世話になるとしよう。

……年齢的にその〝また今度〟までに何人か死んでてもおかしくはないが。

「人間、誰しも生きてるうちが華だわな」

レゴールに戻ってきた俺は、拠点にしている宿の部屋で久々の工作作業を進めていた。

水を入れた平皿の上に数種類の顔料と油を慎重に垂らし、水面に浮かび上がった色とりどりの油膜を、針を使って混ぜ、模様を作っていく。

ラテアートのような、サイケデリックアートのような、ちょっと変わった色合いのマーブル模様。

その油膜に、ついさっき書き上げた小さな手紙を慎重に潜らせてゆく。

「よし」

すると、手紙が油膜を被ってマーブル模様がつく。

模様は薄い色をしているので描いた文字は難なく読める。

あとはこの上からスタンプを押して……手紙を畳んで封筒に入れ、俺オリジナルの刻印で封をする。

「……ま、死ぬ前に恩返しくらいはしておきたいからな」

俺は普段ほとんど着ないローブを羽織って外に出た。

「大変です、カスパル先生！　これ、これ見てください！」

「ん？　どうしたんですか。何か失敗でもしましたか」

# 【第九話　落穂拾い】

翌朝。カスパルの務める警備隊診療所内は、騒然とした雰囲気であった。助手の青年ユークスが慌《あわ》ただしくやってきて、いつになく狼狽《うろた》えた様子を見せている。

「これですよ！　投函箱《とうかんばこ》にケイオス卿《きょう》からの手紙が届けられていたんです！　それも警備隊だけでなく、同じ内容のものが別の場所にも何通もあるらしくて……！」

「ふむ？　ケイオス卿といえば発明家だったと記憶していますが……きまぐれに工房や店に対して手紙を送り、新商品の冴《さ》えた知恵を授けるとかいう……」

「ええ、なぜうちに来たのかはわからないんですが！　ですが噂《うわさ》に聞く手紙の紋様、間違いありません！　きっと本物です！　とにかく急いで作りましょう！　他の治療院に真似《まね》される前に、これで儲《もう》けないと！」

カスパルはマーブル模様の手紙を広げ、中を改めた。

「……経口補水液？　のレシピですか」

そこに書かれていたのは、水と塩と砂糖、あるいは蜂蜜《はちみつ》などで作る飲料水のレシピであった。

材料そのものも、甘味さえあればどうということはない平凡なものだ。

だというのに、手紙に書かれている効能は下痢《げり》、嘔吐《おうと》、脱水などへの特効薬であるという。俄《にわか》には信じ難いことだったが、巷《ちまた》に聞くケイオス卿の発明の数々を聞けば捨ておくには惜しい。

何より。

これが真実だとすれば、ヒールを使わずに信じられないほど多くの命を救える。

「……ユークス君。治験して効能と安全性を確かめる必要はありますが……もし真実なのであるとすれば、このレシピは他の医療機関にも広めるべきです」

「えっ⁉　わざわざ儲けを手放すんですか！」

「手紙にもありますよ。〝我はこの智慧《ちえ》が広く普及することを望む〟と」

「あっ……そういう……」

「既に複数の機関に送られているようですし、材料自体も平凡です。独占しようと思ってできるものではないでしょう」

「……うーん、大金持ちになれるかと思ったのに」

新米ヒーラーのユークスは、まだまだ俗っぽい青年であった。

カスパルはそんな彼に微笑《ほほえ》み、調合棚に手を伸ばした。さて、まずは何にせよ、試してみるところから始めなければ。

「このレシピが本物だとすれば、今まで手こずっていた患者の治療が楽になるでしょう。我々の仕事が、段違いに捗《はかど》ります。……ユークス君は、それが不本意なのですか？」

「……！　いえ！」

「ならば良いではありませんか。さあ、仕事の支度《したく》を……」

「はいっ！」

こうしてまた今日も、慌しい仕事が始まる。

しかし今日からは、救える患者の命がいくつか増えるかもしれない。
カスパルは仕事への活力が強く湧いてくるのを感じていた。

# 第十話　携帯食料と無駄遣い

収穫期を終えると穀物類の物価が一気にドカンと下がる。

すると何が起こるかっていうと、粥《かゆ》とかパンがちょっとだけ安くなるわけなんだが。

嬉《うれ》しくねえ。これっぽっちも嬉しくねえんだこれが。

美味《おい》しくないんだ、この世界の炭水化物は。いや別に元日本人だから白米を食いたいってわけではない。あるならフランスパンでもナンでも良い。

しかしあるのは硬くてパサパサで、なんか酸っぱかったりするパンとか、淡白なオートミールとか、ポリッジとかだけだ。

ただでさえ娯楽に乏《とぼ》しい世界なんだ。せめて美味しいもんくらいは食わせてくれよ。

しかし他人に祈ったところで美味い飯が出てくるわけもない。なので俺は日々美味いものを求め、自分でもちょくちょく料理に手を出している。

「で、これがモングレルの作った携帯食料か」

「ああ。モングレルスティック三号と呼んでくれ」

「普通に気持ち悪い名前だな……」

# 第十話　携帯食料と無駄遣い

「もうちょっと食欲出る名前にしませんか……？」

「口付ける前からズタボロすぎないか？」

「てめえの顔思い浮かべながらこれ食う人間の気持ちを考えろよ」

　今、ギルドの酒場スペースでは俺主催の品評会が開かれている。

　参加者は短槍使《たんそうづか》いのバルガーと、剣士のアレックスの二人だ。

　アレックスは元ハルペリア軍の軍人で、退役してからは軍仕込みのロングソード捌《さば》きで数多くの任務をこなしているシルバーランクの若者である。ゴールドランクも夢じゃないところまできているらしい。ホープってやつだな。

　このアレックスは〝大地《だいち》の盾《たて》〟っていうお固いパーティーに所属している剣士なのだが、たまに討伐《とうばつ》任務とかで一緒になることもあるし、酒を飲む機会もちょくちょくある。飲み友達みたいな関係だな。

　あとは受付のエレナも誘ったけど普通に断られた。俺は悲しいよ。

　机の上にある物は前世でよく……いやたまに口にしていたエナジーバーのようなものだ。それを参考に作った携帯食料である。

　小麦粉と複数のナッツをメインの材料に、そこに油、蜂蜜《はちみつ》、スパイス各種や塩を混ぜ込んで四角いスティック状に焼き固めたものだ。まぁほぼグラノーラバーみたいなもんだな。

　ギルドの酒場でちょうど暇《ひま》してるバルガーとアレックスがいて助かった。とりあえず味とかのレビューをやってもらおうと思っているんだが。

「なぁモングレル。これ、そんな腹膨れないんじゃないか？　小さいし」

「ナッツが多いのであれば多少は腹持ちも期待できるかもしれませんが、この大きさだと一食分としては不安ですね……」

「あ、やっぱりか。多分四本食えば一食くらいにはなると思ってるんだが。まぁとりあえず食ってみろって」

「……いやさ。持ってみた感じからして、明らかに硬そうなんだが。本当に大丈夫なのか、これ」

　バルガーが皿の上のモングレルスティックを二つ手に取って、カチカチと打ち鳴らす。陶器のような澄み切った音が実に美しい。耳にも良い携帯食料だよな。

「モングレルさん、これ自分で食べましたか？」

「なんだアレックス。俺を疑ってるのか？」

「前に生臭い自家製干し肉を食べさせられた時から、結構強めの疑いをもっていますけど……？」

「過去に囚《とら》われないで前を向いて生きていこうぜ？」

　未《いま》だに躊躇《ちゆうちよ》してる二人に、俺はエールを一杯ずつ奢《おご》ってやった。

「……なんですこれ」

「無言で酒を奢るなよ……怖いだろ」

「深い意味はないって。まぁそれ飲みながら食ってくれ。味は悪くないから、ほんと」

「……まぁタダなんで、一応少しは食べてみますけど」

嫌そうな顔をするバルガーをよそに、アレックスがモングレルスティックに齧《かじ》り付《つ》き
……動きを止めた。

「はが……はがが……歯がはひらない……」

「なあ、今アレックスが噛《か》んだ瞬間、硬い音がしたんだが？」

「だからエールに浸《ひた》しながら食えば大丈夫だって。柔らかくなるから。少しは」

二人が無言でスティックをエールに浸し、待つこと十数秒。

もう大丈夫だろうと一足先に引き揚げたアレックスが再び齧り付くと、今度は硬い音はしなかった。

……噛み切れはしなかったが。

「んぐぐ……一応外側の少しだけはふやけて食べられますね……本当に一応」

「味はどうよ」

「エールのお粥って感じの味がしますけど……」

今はそのエール成分は良いんだ。エール成分を差し引いたイメージでレビューが欲しい。

「しっかしモングレルもまた変なことを始めたな。ケイオス卿《きょう》の後追いか？　今は色々なとこで似たような真似《まね》をしてる連中がいるからやめといた方が良いぞ。誰も大して儲《もう》かってないからな」

「発明ブームですね。まあ、色々な店が成り上がっているので真似したい気持ちはわから

ないでもないですけど」

「俺はこのモングレルスティックを、ゆくゆくはハルペリア軍の戦闘食糧として認めさせてぇんだ。そして儲けた金で、カウンターでグラスを磨いてるだけの喫茶店のマスターになるんだ」

「なんで金持ちになって行き着く先が喫茶店の店主なんだよ」

「こんな戦闘食糧を採用したら敵と戦う前に兵士たちの歯が折れそうですね……」

大丈夫だって。ギリギリいけるだろ。

どうせ軍人のほとんどは魔力で自分を強化できるんだから。前歯くらい強化すればいけるって。

「しかし得体の知れないもんをまた数、作ったなぁ……」

「全部で四十本くらいありますよね……材料費だけでも結構したんじゃないんですか？」

「言えない。お前たちがこのモングレルスティックを誉《ほ》めてくれなきゃ、かかった材料費は絶対言わない」

「いくら散財したんだ……今は多少安くなってるとはいえ、よくやるわ」

「焼きすぎだったんじゃないですか？　エールの底に沈んでますけど全然形が崩れる気配ないですよ、これ」

いやー。大量に作っておけば安く済むし、俺も自分好みの炭水化物を普段から食えるだろうと思ってたんだけどな。

まさかここまで硬くなるとは俺も予想してなかったよね。多分下手な木材よりもしっかりしてるよ。

「発明ごっこもいいがモングレル、金は大丈夫なのか？　最近あまり討伐にも出てないんだろ」

「ごっこ言うな。んー、まあ都市清掃ばっかりだな」

「モングレルさん、まだ清掃してるんですか」

「この街を　綺麗《きれい》に使おう　いつまでも」

「何かの詠唱か……？」

「ただでさえモングレルさんは無駄遣いが多いんですから、そろそろ大きめの依頼を受注した方が良くないですか？」

「俺はそんなに無駄遣いしないぞ？　賭場《とば》には行かないし」

「でもお前、定期的に変な武器買うじゃん」

あっこいつ。俺の武器を変なもん呼ばわりしやがったな。

「変なもんとはなんだ。こいつを見てもそう言えるかな？　二ヶ月前、市場で見つけた俺の新しい相棒ナイフだ！」

「やっぱり散財してるじゃないですか！」

バン、と机の上に置いたのは一本のナイフ。

長さは解体用とほぼ同じだが、鞘《さや》の上からでもわかる肉厚な刀身が特徴だ。

「……え、なんだこれ。櫛《くし》か？」

「知らんのかバルガー。そいつはソードブレイカーと呼ばれる戦闘用のナイフだ」

バルガーが鞘から抜き放ったそれは、刀身に櫛のような長い切れ込みがいくつも入った肉厚のナイフである。

「この櫛の部分で相手の剣を受けてだな……思いっきりグッ！　って捻《ひね》るとあら不思議。敵の剣をポキッと折ってしまえる対剣士用の究極兵器だ」

「ええー……そんな上手《うま》くいきますかね……？」

「肉厚すぎて刃物の方はめちゃくちゃ切れないから、ナイフとしては突くことしかできないけどな」

「弱点でかすぎないか？　そもそもモングレルお前、対人の依頼なんか受けないだろうが」

「人の血とか浴びるの、なんか汚いじゃん」

「だったらなんでこんなナイフ買ったんですか……っていうかモングレルさん、この櫛の部分」

アレックスは何かに気付いたのか、壁に立てかけていた自前のロングソードを抜き放ってみせた。

ハルペリア軍で採用されているロングソードは長い。

身体を強化できる軍人にとって長剣の採用基準は、重さより遠間《とおま》の相手を斬りつけることのできる可能な限り長いリーチにあるためだ。だから身につけて運ぶのに苦労しない最大の長さを持つ刀剣がロングソードと呼ばれ、各地で使われている。

　で、その長さの分、厚みもそれなりにあるわけで……。

「あーほらぁ！　やっぱり！　このソードブレイカーとかいうの、そもそも櫛のとこにロングソードが入りませんよ！」

「う、嘘《うそ》だろ⁉」

「いや、見りゃわかるだろ……いいとこサブのショートソードでギリギリって感じじゃないか？」

「俺のソードブレイカーは雑魚専《ざこせん》だったのか……」

「……ちなみにモングレルさん、このソードブレイカーとかいうの、いくらで買ったんです？」

「言えるか……！　この流れで……！」

　畜生。じゃあもうこのソードブレイカー、クレイジーボアの肋骨《ろっこつ》と頸椎《けいつい》を櫛の部分でゴリゴリ削るしか能がないじゃないか。

「……あっ。エールの底のやつ、結構柔らかくなってますよ」

「お、そうか。しょうがねぇな、崩して粥みたいにして飲むか」

「今日の俺、ちょっと散々すぎやしないか……？」

「……何か良い任務があれば、誘ってやるよ」

「僕も機会があれば……」

ちなみにエールに溶かしたモングレルスティックの味は、別に悪くはないけどエールを使うのであれば酒はそのまま飲んだ方がいい、という見解で一致した。

マジで何も良いことがないぞ今日。厄日《やくび》か？

# 第十一話　雛の行列

ギルドにはパーティーというものがある。

……いや今更その説明いる？　って思っちゃうけど、〝ギルドのパーティー……？　お祭りか……？〟とか連想しちゃう人がいるかもしれないから一応な。

パーティーとは、複数のギルドマン同士で組むチームみたいなものだ。

二人以上からなる集団でパーティーとして登録することができ、依頼を受注する時や発注する時などにパーティー名義で行うことができる。

ＲＰＧとかで勇者、魔法使い、戦士、僧侶《そうりょ》とかで組むやつだな。ああいうのを想像してもらえればわかりやすいだろう。

とはいえ、この世界におけるパーティー構成は、そんなバランスの良いジョブ構成でない場合がほとんどだ。

剣士だったら基本は剣士オンリー。弓使いなら弓使いオンリーとかザラにある。討伐依《とうばつい》頼《らい》を受けるときに連携しやすいしな。

魔法使いやヒーラーは近距離役の援護がないと厳しいから、そこらへんは単独パーティ

BASTARD・SWORDS-MAN

ーとかはあまりない感じかも。俺が知らないだけで、なくはないとは思うが。

ああ、この職業的なもの、別にジョブみたいなシステムがこの世界にあるわけじゃない。戦闘スタイルは自前の武器や自己申告によるものだ。当然〝盗賊〟なんて戦闘スタイルはない。犯罪者カミングアウトする奴《やつ》がいたら怖すぎるわ。

んで、この街レゴールには目立った活躍をしているパーティーがいくつかある。

一つは剣士を中心に組んだむさくるしいパーティー〝大地《だいち》の盾《たて》〟。

人数は今何人くらいいるんだろうな……俺が最後に聞いた時は二十人くらいだったが、今はもっと増えてるかも。

槍《やり》と剣、そして盾と鎧《よろい》といった王道の装備でガッシリ足元を固め、レゴールを中心に討伐依頼をサクサクこなしている。盗賊征伐なんかも積極的にこなしてるガチ戦闘パーティーだ。

ここの強みは何頭も自前の馬を持ってることだな。依頼の受注から現地への到達がアホみたいに早い。おかげで安定して仕事をこなしているが、諸々の維持費でちょくちょく苦労してる姿も見ている。羨《うらや》ましがるにはちょっと残念なところはあるな。

アレックスのような元ハルペリア軍人はだいたいここにいる印象だ。つまり体育会系。絶対入りたくない。

大地の盾の次点扱いを受けているのが、〝収穫《しゅうかく》の剣《けん》〟。

こっちは大地の盾のガッチリした体育会系のノリについていけないタイプの奴らが好む

パーティーで、人数はもっと多く三十人以上いる。

しかしここは集団行動が苦手なのか、全員で集まって何かをするって感じのパーティーではなく、あくまでも所属する奴の互助会《ごじょかい》みたいな組織になっているらしい。バルガーもここ所属だな。

使う武器は色々だ。オーソドックスに剣を持つ奴もいるし、槍を使う奴もいる。魔法使いも数人抱えてるし、弓使いだっている。装備に統一感がないので、辛《かろ》うじてパーティーのエンブレムの入ったワッペンを装備に付けることで連帯感を出している感じ。

けどここも、大人数の中で仲の深まった奴らがちょくちょく小勢力として離脱することは多いし、上手《うま》くやれてるのかはわかんね。なんとなく昔やってたネトゲの無意味にでかくて交流の薄いチームを思い出すパーティーだ。特別入りたいとかは思わない。

次にレゴールで活動させておくには無駄に華やかな女性パーティーが〝アルテミス〟だ。メンバーの殆《ほとん》どが弓使いと魔法使いで、近距離担当が二、三人くらいしかいないという滅茶苦茶尖《めちゃくちゃとが》ったパーティーである。人数は十二人かそこらだったかな。ライナとか女性ギルドマンはほぼここって感じ。

遠距離からの堅実な討伐の他、時々貴族街のお偉いさんからも仕事の依頼があるそうだ。女性だけってとこに便利な要素があるんだろう。

一見華やかなアイドルパーティーだが、所属してる何人かが鬼強いので下手に手出ししたらぶっ殺される。あと、一人だけ男メンバーがいるらしいけど俺はいまだに見かけたことがない。以前〝この人かな？〟と思って声かけてみたら実は女性だったという事件があり、それ以来、俺は〝アルテミス〟から目《め》の敵《かたき》にされている。

当然俺は入れないし、入りたいとも思わない。

それから警備専門にやってる最大手の〝レゴール警備部隊〟。この前の護衛任務でお邪魔したカスパルさんのところだな。

ここは討伐はほとんどやらず、建物や人物、馬車などの護衛を中心とした任務をよく受けている。人数はわからん。めっちゃいるのは確かだ。

多分所属してる人はそこまで戦闘に秀《ひい》でてなくて、けど安定した仕事はしたいってのが多いんだろう。中年とか年寄りとかもいる。

質はともかく護衛は欲しいって依頼人もいるからね。需要はある。そういうポジションで飯食ってるのがここになる。カスパルさんもヒーラーとして所属してるくらいだしな。

まあ……楽なパーティーではあるとは思うんだが、俺はちょくちょく討伐してジビエ食いたいタイプのギルドマンだから。老後はともかく、身体の動く若いうちは入ろうとは思わないね。

目立つのはそんなとこかな。

あとは仲間内で固まってる少人数パーティーがたくさんってとこだ。

田舎《いなか》の村《むら》から出てきた若者は結構香ばしいパーティー名つけてて楽しいよ。〝死神《しにがみ》の鎌《かま》〟とか〝覇王《はおう》の月《つき》〟とか。名前だけならゴールドランクの連中がゴロゴロいるからな。

そう。

収穫期を終えた今。

夢見る《畑継げない》若者がギルドマンとしての名声《食い扶持》を求め、田舎からやってくる季節が到来していた……。


「何見てるんだよ」

「あ？　そっちが見てるんだろうが」

続々と来ます、将来有望な若者たちが。

収穫の手伝いだけやらされて、あとは他所で稼いでこいと家を追われた勇者の卵がダース単位でわらわらと……。

ギルドは会員登録作業で連日大忙し。ただでさえ業務が圧迫されているというのに施設内でひっきりなしに起こるフレッシュな喧嘩《けんか》。

額《ひたい》に青筋を浮かべて激務に励《はげ》むエレナちゃんを眺めながら飲むミルクの美味《うま》いこと美味いこと……。

「なんだとっ⁉」

「やるのかぁ⁉」

「こら！　ギルド内で暴れるなら即時除名だぞ！」

礼儀も学もないが威勢だけは良いガキばかりだ。この時期ばかりはギルドも大変である。

まあ、ここで全員を突っぱねても後々ギルドの首を絞めるだけだから、頑張るしかないんだがね。

「見ろよあのおっさん」

「白髪だ」

「まさかサングレール人じゃないだろうな」

お。隅っこでほのぼのしてたらなんか三人組に絡まれたわ。

ふらふらこっちに歩いてくるのは別に良いんだが、順番待ちは大丈夫かお前ら。列から出たせいで普通に間を詰められてるぞ。

「何の用だ、ルーキー共」

「……へー、ブロンズか」

「俺たちはルーキーだけどな、サングレール人のおっさん。そんな銅色《あかがねいろ》のランクなんかすぐに追い越してやるぜ」

「追い越す分には歓迎だ。最初は厳しいけどまぁ頑張れよ。あと、俺はハルペリア人だ」

「半分はサングレール人だろ」

「まぁそうだけどな。……列閉じてるけど、良いのか？」

「……あっ⁉」

「おい、そこは俺たちが並んでたんだぞ！」

「ぁあ⁉」

馬鹿だなぁこいつら。まぁ村からやってきた奴らは似たり寄ったりなんだが。

田舎はゆったりしてるからなぁ。行列に並ぶ経験もないだろうし、色々慣れないことだらけで大変そうだ。

だからまあ、相手は子供だし。最初のうちはかなり大目に見るようにしてる。

何度も突っかかられるのは面倒だし、あまり調子に乗られたらそれなりにお灸《きゅう》を据《す》えてやるつもりではあるが。

「……けっ。おっさんのくせに酒場でミルクなんか飲みやがって」

「ギルドマンなら酒飲めよ。だっせえ」

「お前ら知らんのか。こいつはモーリナ牧場の新鮮なミルクだぞ。搾《しぼ》りたてのミルクは下手なエールより美味いだろうが」

そう、俺だっていつもエールとか酒ばかり飲んでるわけじゃない。

普段はこうして新鮮なミルクをキメてるのだ。現代人にとってこの贅沢《ぜいたく》が手頃な値段で味わえるのだから、なかなかやめられん。

「モーリナ村……は、俺の故郷だ……」

「あ、そうなの。美味いよお前んとこのミルク。ひょっとしたらお前の家が育てたやつも飲んでるかもな」

「……そうかよ」

地味に繋《つな》がりを感じるとそれまでのように粋《いき》がれなくなったのか、彼らはどこか気まずそうに列の後ろに戻り始めた。

いやぁ、本当に初々しい奴らだ。かわいいね。

ここから二年後三年後、何人がギルドマンとして残るのか……。

そう思うと少し気持ちも重くなってしまうが、今この時だけは。

彼らの青っぽい横顔を、眺めていたく思う。

「よっし……今日が俺たち〝勇者《ゆうしゃ》の軌跡《きせき》〟の第一歩だ！」

「へへ、やってやるか！」

「おうっ！」

あと俺は、彼らが結成した厨二《ちゆうに》なパーティー名をメモって数年後に弄《いじ》り倒《たお》すのが趣味なんで、そこらへんもわりと楽しみです。

# 第十二話　エビ釣りと外道

ギルドマンになりたての新入りは、はっきり言ってどんな任務でも戦力にならない。

まず警備系の任務ができない。田舎《いなか》から出てきた誰の後ろ盾《うしろだて》もない奴《やつ》らに信用など皆無だからだ。

村長の親類とかだったら紹介状があればギルドから任務の融通《ゆうずう》はしてもらえるかもしれないが、そうでもなければ基本的に誰もルーキーに仕事を任せようとは思わない。

採取系も厳しいだろう。伊達《だて》に国民のほとんどが農民経験者ってわけじゃない。金目になるような目ぼしい野草類はだいたいが誰かに根こそぎ取られているし、集めるには森の奥深くに行くか、それなりに遠出しなければならないだろう。

普段は人気のない都市清掃任務も、この時期だけは新入りたちが日銭を稼ぐ仕事として群がってくるが、これも有限だ。

あと他にあるとすれば、下水道の清掃などクソ汚い仕事か、建設に関わるようなアホみたいにキツい肉体労働系か、慣れない討伐《とうばつ》クエストに漕《こ》ぎ出《だ》してゆくかの三種類になる。

いつの世も３Ｋの仕事は大変だ、マジで。

## 第十二話　エビ釣りと外道

……まぁどれもキツいんだけどさ。何故《なぜ》か討伐系はいつも人気なんだよな。

村から出てきた若い奴は腕っぷしに謎の自信があるせいなのか、ギルドマンに夢を見すぎているせいなのか、身の丈に合わない討伐任務を受注する奴が後を絶たない。

で、こういう討伐任務で毎年うんざりするほど多くの若者が死んでいくわけだよな。

安全マージンが取れないっていうか、ノウハウがないっていうか……。

そこらへんギルドの初期講習でもしっかり習うはずなのに、講習が終わった後は「よし、じゃあ一狩りいこうぜ！」ってクエスト開始する奴らばかりなんよな。

言って聞かせた直後にこれだから救いようがねえ。

なんで、みんな狩りゲーやるようなノリで、「2乙までなら平気やろｗ」みたいな気軽さで森に入っていくのかね。

ゴブリンに餌《えさ》やってるようなもんだからマジで勘弁してほしい。スケルトンが後から湧いてくるのも勘弁だ。何よりも前途ある若者に死なれるのが胸糞悪《むなくそわる》い。

「賑《にぎ》やかすぎて仕事ないっス」

ギルドの掲示板前で、後輩のライナが項垂《うなだ》れている。

〝アルテミス〟は討伐任務を中心に動くパーティーだが、こうも一気にルーキーたちが森に入るとやり辛《づら》いことこの上ないのだろう。

狩人《かりうど》に言わせれば、素人《しろうと》に不用意にうろつかれるだけで森の様相が変わるって話だからな。今は魔物の棲息圏《せいそくけん》もかなり流動的になっていそうだ。

「俺も仕事がないわ。レゴールの都市清掃、全滅してやがる」

「いやそこらへんは初心者に譲らないと駄目スよ……」

「冗談だ。さすがにガキを餓死《がし》させる趣味はねーしな。……本当なら森の奥の方で何日かキャンプしたかったんだが、今年は人が多すぎてそれも厳しそうなんだよな」

「あー。レゴールはずっと景気良いスからね。今年は近隣だけじゃなくて、結構遠くからもここを拠点に活動しようって人らが来てるんスよ。賑《にぎ》わってる原因はそれっスかね」

レゴールの好景気。

それはつまり、ケイオス卿《きょう》によってばらまかれた発明品の生産が好調なために起こり続けている怪奇現象だ。

要するに、俺のせいだ。

やっちまったぜ。

「一応、色々な工房から期間工の募集も出てるっスよ。ギルドの仕事じゃないスけどそこらへんでもお金は稼げるんで、厳しくなったらそういうのやっても良いと思うっス」

「あー工房か……どこも拡張工事しまくってるもんな」

「どこもずっと工事工事、そして人手不足っス。ま、賑やかなのは良いことスけどね」

レゴールは今をときめく交易都市……に、なりつつあるらしい。

前まではどの場所からも中途半端な位置にあるせいでわりとどうでもいい中継都市みたいな扱いを受けていたのだが、一気に特産品が複数ニョキニョキと生えてきたものだから

# 第十二話　エビ釣りと外道

さあ大変。急に色々な都市と交易をするようになった賑やかタウンになってしまった。

　この都市を管理しているレゴール伯爵《はくしゃく》は、全く計画になかったであろう多忙《たぼう》さにてんてこ舞いだそうだ。ウケる。いや、貴族にしては良い人っぽいからくれぐれもご自愛してほしいところではあるのだが。

「……よし。じゃあライナ。暇ならどうだ、一緒に川にでも行かないか」

「川っスか。この時期何かいるんスか」

「素人が狙わない穴場ってやつだよ。これは一人より複数人で行った方が良いからな……ま、装備を整えて東門まで来てくれりゃわかるさ」

「ん……まあ、はい。行きますけど」

　なんだかんだ言って、ライナは行きたそうにしているようだ。それでこそ狩人だぜライナ。

　そういうわけで、俺はちょっとした準備を終え、ライナと一緒に都市近郊の川へと足を運んだのだった。


　石がごろごろとする自然の只中《ただなか》。聞こえる音は木の葉の擦れる音と、川のせせらぎ。

「よし、一緒にエビ釣るぞ！」

「ええ!?」

　俺が背中から自作の釣り竿《つ　ざお》セットを取り出してみせると、ライナは右手に持っていた弓を二度見した。

「……何か狩ると思ってたのに⁉」

「この時期、ここらへんめっちゃエビいるんだ」

「え、これ私じゃなくても良くないスか⁉」

「暇だったんだろ？　釣りって一人だと暇っていうか、虚《むな》しいんだよ」

この世界はスマホもないしな。楽しめる人は一人で何時間も楽しめるのかもしれないが、俺は駄目なタイプだ。誰かが近くにいて話し相手になってくれないと結構退屈でキツい。

「ええー……あ、これ私の分もあるんスか」

「もちろん。俺特製の超高性能釣り竿だぞ。近々この街のあらゆる工房が生産を始めて交易品になる予定だ」

「いや普通に棒に糸つけてるだけのやつじゃないスか……ありがたく使わせてもらうスけど」

レゴールだと魚介類は滅多《めった》に食べられない。あっても干物《ひもの》とか、燻製《くんせい》とかがほとんどだ。たまに物好きが川魚を釣って、酒場の料理として出してくることもなくはないが、基本的にはほぼない。

その点、自給自足すればいつでも食える。この辺の川は魚もエビも豊富で俺の中ではかなり熱いスポットだ。

「エサってここらへんの虫で良いんスかね？」

# 【第十二話　エビ釣りと外道】

「そうそう。流れの急すぎない岩の近くに落としてやると結構かかるぞ」

「へー」

餌釣りの基本は待ちだ。

ルアーなら慌《あわ》ただしく竿を動かしたりしなきゃならないんだろうが、あいにくこの竿にはリールなんて便利オプションは備わっていない。リール付きの竿も作ってはあるが、今日のとこはじっくり待つ釣りをしていこう。

二人並んで釣り糸を垂らし、ぼさーっと待つ。かかるまではひたすらに待ち。

しかもかかった直後には釣れなかったりする相手なので、多少対処に遅れても問題ない。

それ故にいまいち緊張感のない時間が流れる。

「ライナは故郷で釣りはしなかったのか？」

「ないスねー。専《もっぱ》ら罠《わな》か弓かで。やってるおじさんはいたんスけど、興味もなくて」

「エビ食ったことは？」

「ないっス」

「え、ないの？」

「ないスよ。食ってる人はいたらしいスけど、私の分まで回すほど数はなかったんスかね。あ、カニはあるっス。カニは好きっス」

「人生の半分を損してるな……」

「先輩は人生の半分がエビなんスか……」

「正確にはエビチリだな。中華料理屋行くとエビチリしか頼まないレベルだ」

「いや意味わかんないス。チューカってなんスか」

「その意味を今日知ることになるだろう」

「知りたくないなぁ……お？」

そうこう言っている間に竿に反応が来た。俺じゃなくてライナの方に。

「まだ待て。十数秒くらいそのままだぞ」

「いやこれ引いてるっスよ⁉」

「落ち着け、そのままで良い。まだ完全にはかかってないからな」

おかしいな、これがビギナーズラックってやつか。まさか手本を見せる前にライナの方にかかるとは。

「……十五秒っス、もう良いスか？」

「よし、じゃあそれをゆっくりスーッと持ち上げてみ」

「スー」

ライナが何気なーくふわりと竿を持ち上げると、糸の先には小さな影がぶら下がっていた。

川エビである。まぁなんてことない、ザリガニより少し小さいサイズの普通のエビだ。

「おーっ」

「よしよし、じゃあこっちの鍋に入れて急いで蓋《ふた》しとけ」

「っけっス。案外簡単スね」

「だろ？　ていうかライナお前上手《うま》いよ。初めてで上手くいくとは思ってなかったわ」

「ふうん」

なにその「ふうん」は。ドヤ顔しやがって……。

見てろよ、テナガエビ釣りで培《つちか》った俺の力を見せてやるからな。

それからしばらく二人で釣りをしていたのだが……。

「……あ、またかかったっス」

二度目か。まぁ良いポイントを見つけたらそういうこともあるか。

「……おっ、引いてるっス」

まー二度あることは三度あるって言うしな。

「……っと入れた瞬間来たぁ！　っとダメダメ、落ち着くっス……慎重に待ってから……」

……おいちょっと待てやコラ！

「ライナ！」

「え？　なんスか？」

「今何匹目だ、それ!?」

「十ってとこスかね。いやー簡単に釣れるもんなんスね。楽しいっス」

「ぬおお……ちょっとそっちの場所ごと竿交換して！」

「……まぁ別にいいスけど」

おかしい。絶対おかしい。俺の方は居食いすらされてないんだぞ。意味わからん。距離的に俺とライナのポイントは何メートルも離れてないのに。

つまり竿の問題だ。ライナと同じ条件で糸を垂らしてればきっと不思議な力で……。

「モングレル先輩モングレル先輩」

「ええ!? またそっちで来た!?」

「違うっス。あそこ、川の向こう……」

「……ああ」

ライナがどこかピリっとした顔つきで見つめていた先に目線をやると……川の向こう側では、一体の魔物がこちらを睨《にら》んでいた。

立ち姿は一見すると人間のように見える。

しかしごわごわした長い体毛が、猿のような極端な猫背が、そして何より、頭部に存在する一つ目が、そこにいる存在が人ではない何かだと主張していた。

川の向こう側にいるので距離感は摑《つか》みにくいが、肉眼でも血走った目玉がはっきりと分かる程度にはそのサイズはでかい。

仮に近づいてみれば、その一つ目野郎が三メートル近い巨人であることがわかるだろう。

サイクロプス。言うまでもなく、見ての通り非常に危険な魔物である。

「あ、あれ、どうします」

# 第十二話　エビ釣りと外道

ライナは竿を下に置いて、弓を手に取った。さすがの俺も釣りは中断だ。

腰に備えたバスタードソードを抜き放ち、考える。

サイクロプスは危険度の高い魔物だ。馬鹿だが腕っぷしが化け物じみている。

ゴブリンは人を恐れて逃げることも多いが、サイクロプスは強いので絶対に恐れない。人間を見かけたらとりあえず敵と見なすし、とりあえず殺してとりあえず食べようとする。

川の向こうのやつの口から滴るよだれを見ればそれはよくわかる。

「始末する。このくらいの浅い川じゃサイクロプスは余裕で渡ってくるからな」

「まじスか」

「まじっす。言っておくが足は人間より速いし、力は五倍くらいある。逃げる方が危ないんだぞ」

「ヤバ」

「でも頭は悪い。ライナが今、弓を持っててもボサっと突っ立ってるくらいにはな。弱点は言うまでもないな？」

「あの気持ち悪い目玉、っスね」

ライナが弓を構え、ギリギリと音を立てて巨人を狙う。

「狙えるか」

「……川の風が怪しいとこっスかね。頑丈そうな身体してるンで、ちょっと外してもキツいっスよね」

「目玉以外は耐えるだろうなぁ」

これがライナではなくもっと剛弓を扱う奴であれば、サイクロプスの分厚い身体でも急所を撃ち抜けるかもしれない。

だがライナは狙いは良いが、力はまだまだ子供に毛が生えたようなものだ。目玉以外で仕留めるのは難しいと思った方が良いだろう。

そして俺は力はあるけど、弓の練習に途中で飽きたから遠距離攻撃はできない。

「まあ、とりあえず撃ってみろよ」

「……外せない場面でそんな軽く言われても」

「外しても大丈夫。俺がどうにかする。練習だと思えばいいだろ」

俺がバスタードソードを見せると、ライナは苦笑した。

「……次はもっと長い剣持ってきてくンないスか」

「次があるなら、〝これ〟で良いってことじゃないか？」

サイクロプスが川の向こう側で吠《ほ》え、突進してきた。

血走った単眼と、人間には真似《まね》できない大口。ぐちゃぐちゃに乱れた歯列。

ああヤダヤダ。不潔な魔物はそれだけで嫌になる。

「〝照星《ロックオン》〟」

ライナがスキルを発動し、目の奥が仄《ほの》かに光りだす。

神により与えられる（とサングレールで言われている）絶技、スキル。

その効果によってライナの引《ひ》き絞《しぼ》る弓の震えは完全に止まり、鏃《やじり》の先は寸分の狂いもなくサイクロプスに向けられた。

「穿《うが》て」

矢が放たれる。

川の上を流れる風を切り裂き、瞬く間にサイクロプスへと到達する。

が。

「グオッ」

矢はサイクロプスの頬骨《ほおぼね》あたりに命中し、弾《はじ》かれた。風のせいでちと逸《そ》れたか。こればかりはしょうがない。

「ォオオオオッ」

刺さらなかったからといってサイクロプスが許してくれるというわけはなく、奴はより強い怒りを露《あらわ》に吠える。

じゃぶじゃぶと浅い川を踏み進み、どんどんこちらへ迫ってくる。

「ど……どうしよう。任せて良いんスか先輩」

「任せろ。まぁ一応、念のために離れてな」

「……一応、遠くから弓で援護……」

「いや待て！」

「なんスか⁉」

# 第十二話　エビ釣りと外道

「奴にそこの鍋《エビ》を蹴っ飛ばされたら敵わん。そいつを持って離れてるんだ」

「今これスか⁉」

「俺たちが今日何のためにここに来たのか考えろ！」

「わりと今は命のためなんスけど……⁉　ああもう、信じるスよ⁉」

そう言って後退していくライナを尻目に、俺は剣を構える。

「さて……とんだ外道が釣れちまったわけだが」

「グオッ、グオッ！」

「リリースするようなサイズでもないからな。悪いがここでくたばってくれ」

迫る巨体。三メートルともなればまさに圧巻の巨人だ。

だが相手に武器はなく、こちらには武器がある。

中途半端な長さのバスタードソードでも、十分な先制圏内だ。

「先輩っ！」

せめて棍棒《こんぼう》でも持ってりゃ多少は勝負になったろうに。

無手で川越えとか戦国時代でもやらない負けパターンだぞ。

「ガ――」

相手が川を渡り切る直前に伸ばしてきた腕へ剣を振る。

腱斬《けんぎ》り。これで掴めない。そのまま更に踏み込んで、今度は脚を裂く。

「グァアッ」

傷は巨体からすれば浅いが、思わず膝《ひざ》をついた。ついてしまった。

「ァアッ⁉」

いくら巨体だからって、片足に怪《け》我《が》を負い、川にしゃがみ込んで流れの当たる面積が増えれば踏ん張りは利くはずもない。

サイクロプスは間抜けにすっ転び、わずかに流された。

「えいえい」

「グボボッ、グァアッ！」

「怒った？」

あとは無防備なところをザクザク刺して出血させるだけ。

反撃に気をつけつつ、弱点である太い血管や相手が力を入れるのに使う腱や筋を狙ってトドメを刺していこうな。

「……すごい」

サイクロプスが弱りきってほとんど動かなくなる頃には、ライナも近くまで戻ってきていた。

「エビは逃げてないか？」

「逃げてないスけど……今それどころじゃなくないスか」

「こいつはもう死ぬよ。別に食うわけでもないのに血抜きしてるみたいになっちゃったな」

太腿《ふともも》、腋《わき》、脇腹、首。川にうつ伏せになったままほとんど動かないサイクロプスの身体の急所らしい箇所を刺していく。

こういうデカいのは見た目なりに生命力も馬鹿デカい。油断せずオーバーキルするくらいの気持ちで痛めつけるのが一番だ。情はいらない。どんな生き物でも死んだふりはするからな。

「こんなもんだろ。……ぁあヤダヤダ、これだから人型の魔物の解体は……」

サイクロプスの討伐証明は、一つ目の……虹彩《こうさい》？　瞳？　とにかくその部分だ。目玉らしいところを半分以上そぎ取っておけばそれが証明になる。

基本的に討伐証明は〝そこならば部位的にダブることはないし、なおかつ死んでいるに違いない〟という場所をこそぎ取るので、こいつの場合は目玉ってわけだな。まぁわかりやすいけどさ……うえーグロい。

「……先輩、やっぱ剣の扱い上手いスね」

「おう、だろ？」

「釣りは下手なのに」

「おい待て、それは今日の調子が悪いだけだぞ」

「ほんとっスかぁー？」

おのれ、ビギナーズラックが調子に乗りやがって……。

「いい度胸だお前……わかった、また今度釣りやるぞ。そん時に俺の本気を見せてやる」

「……ふふ、楽しみにしてるっス。あ、てかエビってどう食うんスか？　焼くんスか？　茹《ゆ》でるんスか？」

「いや、こいつは苔石《こけいし》を中に入れたら一日水に晒《さら》しておく。食うのは明日以降だな」

「えー、めんどくさっ」

「まあそう言うな、明日になったら取っておきのを食わせてやるからな」

まあその前に、この突然降って湧いたサイクロプスの報告で忙しくなりそうだけどな。

厄介《やっかい》な時期にとんでもなく危ない魔物が湧いてきやがった。

こいつがもしはぐれじゃなく群棲《ぐんせい》しているんだとすれば、今年のルーキーが大量死するかもしれんぞ。

ギルドの対応次第だが……さて。どうなるかな。

# 第十三話　ライフ・イズ・シュリンプ

BASTARD・SWORDS-MAN

今日の釣果は川エビ十匹とサイクロプスの目玉だった。しかしエビを釣ったのは全部ライナだ。これじゃあ先輩風を吹かすこともできない。次からはもうちょっと釣り方を研究する必要がありそうだな。

「サイクロプスなんて物騒だな。常駐依頼なんて出してなかっただろ？」

「なんかシルサリス橋近くの川の向こうにいましたよ。丸腰で一体だけ」

「そりゃ参ったな。調査に向かわせにゃならん」

処理場で解体長のロイドさんにサイクロプスの部位を確認してもらい、ギルドに受け渡すための交換票を書いてもらう。

それに加えて今回は不意の遭遇、しかもサイクロプスなので、それについても書き添えてもらう必要がある。そこらへんは解体のプロの役目だ。

「モングレル、死体の胃袋は掻《か》っ捌《さば》いたか？」

「あ、忘れた」

「そうか。次があったら内容物の確認を忘れんようにな。胃袋に人や家畜がいれば扱いの重さも変わる」

とはいえ正直、人型魔物の内臓なんて好き好んで見たくない。

覚えていたらにしておこう。

「ウチらのパーティーも、オーガの時は胃袋と腸を確認したっス」

「うげー、気持ち悪い」

「ほんとっス。ああいうタイプの魔物は解体してても違うスよね」

やや待ってから交換票が書き上がり、俺たちは街の中へ戻ることができたのだった。

エビがゴンゴンと鍋の内側で暴れる感触を楽しみつつ、ひとまずこいつらは俺の宿の中に放置。一日うんこしてもらって綺麗《きれい》になるのを待つ。

で、面倒なのがサイクロプスの報告だ。

遭遇したのが俺一人だったのなら適当に黙ってても良かったんだが、ライナもいるしな。

模範的なところを取り繕わなきゃいけないのが先輩のつらいところだ。

「シルサリス橋の向こうでサイクロプスか……参ったね。ここ最近ルーキーが好き勝手採取に駆け回るものだから、どこか辺鄙《へんぴ》なところに隠れてたのを刺激しちゃったか」

交換票を受付に見せた後、俺たちはすぐギルドの副長室に通された。

ギルドの副長はだいたいいつも不在のギルド長の代わりに面倒くさそうな仕事の一切を受け取っている苦労人の男だ。

彼の頭の中には今、シルサリスの川の地理が克明《こくめい》に映し出されているのだろう。ギルド支部の人間は大抵、周辺地理に滅茶苦茶《めちゃくちゃ》強いのだ。

「この討伐《とうばつ》は、二人が？」

「ええまあ。ライナが川の向こうにいるサイクロプスの頭を弓で撃って、あとはよろよろと川を渡ってきたとこを俺が適当に」

「いや、まあそうなんスけど。私の弓は別にそんなでもなかったっス」

「ふむ……川辺に依頼なんて出していたかな。すまないね、ちょっと覚えがなくて」

「エビ釣りしてたんですよ。この時期あそこらへんにウジャウジャいるんで」

「ああ……そういうことか。なるほどね」

副長は少し悩んでいるようだった。

「うーん、気は進まないが再調査が必要だね。シルバー以上の人員を向かわせて、ざっと敵を探ってみるとしよう。二、三回空振りしたらそれで良しってところかな」

「え、ギルドでやるんですか。衛兵さんは動かないんで？」

「時期が悪くてねぇ……レゴールの中の警備や諍《いさか》いの対処でいっぱいいっぱいみたいなんだよ。近頃は外部は全部こちらに委託さ」

あー街に人が大勢増えたせいで大変なのか。ご愁傷《しゅうしょう》さまだわ。俺のせいだけど。

「あれ、そういえばモングレルもライナもまだブロンズだったか。モングレルはともかく、ライナはそろそろ昇格できる頃じゃないのかな」

「俺はともかくて」

「昇格する気ないくせに」

「ないけど」

「ええ……私っスか。昇格……うーん……まだ最近ブロンズ3になっただけなんで、早いと思うっス。まだまだっス」

ライナの首に提げた銅のプレートには、三つの星型の飾《かざ》りが嵌《は》められている。

この星の数によって、そのランク帯での細かな良し悪しがわかるわけだ。

ブロンズの3はシルバーの一歩手前。俺と一緒だ。

そしてこのプレートの素材が変わるランクの動きこそが、最も審査の厳しくなる場所でもある。俺の場合は逆にさっさと昇級するようにせっつかれてるけど。

「そうか。まあ地道に力を伸ばしていくと良い。優秀な弓使いは貴重だからね」

「うっス」

「モングレルは……まぁ貢献値稼いでるからとやかくは言わないが」

「フヒヒ、サーセン」

「ただギルドの沽券《こけん》に関わることでもあるからね。自ら昇級を拒む以上は、周囲にその旨をしっかり周知するよう振る舞うように。ギルドが人種によって昇格を渋っているなどと噂《うわさ》されては困るからね」

「ええまあそこらへんはもちろん。これまで通りアピールさせてもらいますよ」

本当はギルドとしてもこういう時のためにシルバー以上の使える人材を一定数確保して

おきたいんだろうが、貢献値を稼いで模範的に活動してる相手を強引に取り立てることはできない。

まぁ勘弁してくれよ。ルーキーは大勢いるんだからそこから育ててやれば大丈夫さ。

「ふう、やっぱ偉い人相手だと息が詰まるな」

副長の部屋を出ると、重圧から開放された気分になる。やれやれだ。

「わかるっス。これが貴族相手だとなおさらっスよ」

「ああ、〝アルテミス〟は結構話す機会もあるのか」

「詳しくはちょっと言えないスけどね……まあ、私みたいな田舎者《いなかもの》はボロ出さないようにみんなの後ろに隠れてるスけど」

「それが一番良い」

この世界の、というかハルペリア王国の貴族は普通に怖いからな。

マジで目をつけられないように生きるのが最良の選択だ。

特にスキル持ちは狙われやすい。いい意味でも悪い意味でも。俺みたいに〝強化しかできませぇん〟みたいなフリしてればその他大勢に埋没できるんだが。


「で、これがもう食えるエビっスか！」

「おうよ。油で揚げると殻も脚もパリパリしてて美味《うま》いんだこれが」

翌日の昼。

俺たちは森《もり》の恵《めぐ》み亭《てい》でエビの素揚げを食うことにした。

調理の油や調理器具の支度《したく》が面倒なので、店に金を払って作ってもらう。本来ならここらも自分でこなすのが一番なんだが、面倒だしね。なによりエールもじゃぶじゃぶ飲みたいじゃん。

「うわー色鮮やかで綺麗……良い匂い」

「食ってみ食ってみ」

「んむっ……んー！　美味しい！　うっま！」

あら美味しそうな笑顔。じゃあ俺も……。

「ライナさん。エビ、食わしていただきます！」

「調理費出してもらったんで遠慮なく良いスよ」

「あざーす、へへへぇ」

「笑い方キショいっス」

釣ったのは全部ライナだからな。俺は美味いもののためならいくらでも謙《へりくだ》るぜ。

どれどれ……ああ揚げたての香ばしい匂い。

殻も……うんうん、サイズ大きめだから心配してたけど、まぁ普通に食えるレベルだな。

「エールが進むぜ……」

「すんませんエールおかわりー！」

しかしライナはよく酒を飲むな。強いタイプなのは知ってたけどグデングデンになってるところは見たことない気がするわ。

この世界の酒がそもそもあまり濃くないっていうのもあるんだろうけど、体質なんかね。

「そうだライナ。ついでに酢《ビネガー》かけてみ」

「えーこれスか……酸っぱくして大丈夫なんスかね」

「まあ柑橘系《かんきつけい》を絞るのが一番だけどな。これかけないと人生の半分損してるぞ」

「先輩の人生観がエビとビネガーで出来てるんスけど……まぁいいや、どれどれ……んー！　美味しい！」

「だろ？」

まぁフィッシュアンドチップスにも酢かけるしな。揚げ物には合うんだよ。

個人的には肉系の揚げ物にかけるよりも好きだね。

「はー……エビ釣り良いスね……」

「だろ？」

昼から飲む酒。そして美味いツマミ。なんて文化的な日だ。

「まあ別に人生全てを懸《か》けるほどじゃないスけど……」

「また今度釣り行くか」

「うっス！　あ、でも次はモングレル先輩もちゃんと釣ってもらわないと困るっス」

「はい……」

次はちゃんと俺もリベンジしますとも。

こういうのは自分で釣り上げるからこそ美味いんだしな。

# 第十四話　寂しげな異郷人



新人が増えてしばらくすると、ギルド内も落ち着いてくる。

明らかに向いてなかった奴《やつ》は大人しく故郷に帰り、考えなしのバカは早々に衛兵の厄介《やっかい》となって牢屋《ろうや》にぶち込まれるからだ。

ついこの間ルーキーたちで結成した新パーティー〝神殺《かみごろ》しの稲妻《いなずま》〟なんかはリーダーが犯罪奴隷堕《お》ちして電撃解散になったりもしたしな。神殺しどころかゴブリンすら殺してねーぞ。ある意味伝説的な早さではあったが……。

あとはコンスタントに金稼ぎできないところも速やかに空中分解している。

無駄に人員が多くて頭割りが不味《まず》いのが一番のあるあるだ。出来高報酬が発生するような依頼ならともかく、固定報酬の任務をちびちびこなしたって破綻《はたん》は目に見えるだろうに。

かといって、大人数を食い支えるためにより高難度の任務に飛び込むような連中はもっと悲惨《ひさん》な目に遭っている。

具体的にどんなトラブルがあったのかまではあえて言わないが……運が良いやつでも、治療費を払うための借金奴隷に落ちてしまう……そんなところだ。悲しいね。

で、残った連中は比較的まともな奴らと言えるわけだが。

厳しいことを言うようだが、現状でもまだ〝何故《なぜ》か爆発してないだけの不発弾〟みたいな奴も大勢残っている。

それでも将来有望なルーキーは貴重なので、既存の弱小パーティーなどは新入りという名のパシリを求めてヘッドハンティングをやり始めていた。

使える奴を自分のパーティーで抱え込めれば仕事もやりやすくなるからな。

あと残酷な話だが、だいたいのパーティーでは新入りだからって理由で分け前を低く設定しているらしい。搾取《さくしゅ》はどこにでもあるわけだ。世知辛い。

とはいえ、ここまで無事に生き残ってきた新入りだって、全員が全員馬鹿ってわけでもない。

鼻の利く奴は悪い先輩を嗅ぎ分けて上手《うま》く避けるし、自分から積極的に情報を集めたりもする。

そうやって無事に大手のパーティーに滑り込めた奴こそが、長生きするギルドマン……の、候補になれるわけだ。

ちなみに俺は聞かれれば喜んで情報を渡している。

とりあえず、酒でもミルクでも一杯おごってもらえりゃそらもうペラペラよ。

俺は話を聞かない馬鹿はあまり好きじゃないが、自分から訊《たず》ねてくる相手にはそれなりに目をかけるタイプだからな。

「お前、真面目《まじめ》そうだからここ向いてるよ」とか、「安くて壊れにくい武器ならあの店が良い」とか、「今ならあいつら一人欠けてるから頼めば入れてもらえるかもよ」とか、そんな感じでゆるーく紹介してやっている。

そうして情報屋というか事情通じみたことをしてると、何を思ったのか「モングレルさんのパーティーに入れてください！」とかいう謎の気合いが入った奴が現れたりもして面白い。

ソロでやってるから普通に断っているけどな。

まあ俺を慕ってくれる奴が現れても、しばらくするうちに周りの連中と見比べて「あれ？　よく見てみるとあのモングレルさんって変人だな？」となるので、一過性のもんではある。

ちなみにソロだと報酬の総取りができるからって、一人で危ない依頼を軽率に受けたりするんじゃないぞ。真似《まね》すんなよ、俺のこういうとこは。

「モングレルさん、俺たちのパーティーに入りませんか？」

しかしこういうパターンは初めて遭遇する。初心者がベテランを勧誘するとは思わなんだ。

あまりにびっくりして、噛《か》んでる途中の干し肉を飲み込んじまったよ。

「モングレルさんはこのレゴールでずっとソロでやってるって聞きました。けど俺たちはモングレルさんの髪の事とか気にしませんせん！」

なにこの少年こっわ。後ろにいる少年少女たちも目がキラキラしてて怖いよ。

何の勧誘？　宗教じゃないよね？

てかサラッと俺の髪をディスるな。

「あー、悪いが俺は好きでソロをやってるんだ。誘ってもらえたのは嬉《うれ》しいが、人を入れるなら他を当たってくれ」

「えっ……」

逆に断られてなんでそんなショック受けてるんだよ。

お前たち周りが見えてないみたいだけど、ギルド内の注目結構集まってるぞ。良い視線じゃないぞーこれは。

「……ああ！　まずは自己紹介から始めましょうか！　俺の名前はフランクです！　〝最《さい》果《は》ての日差《ひざ》し〟のリーダーやってます！　こっちはうちの魔法使いで妹のチェル。こっちは槍使《やりつか》いのギド」

いやいや折れねえなこいつ。断ったじゃん。俺普通に断ったじゃん。

そういう粘りは任務で使ってもろて……。

「……大きな声じゃ言えないんですが、俺とチェルはサングレール人の血が入ってるんです」

別に聞く体勢にも入ってないのに、フランク君はこっそりとカミングアウトしてきた。

距離感がマジでわからんな、この子。同じサングレール人の血が入ってるから差別はしませんってことか？　そんなこと言われても困るわ。

「あのな。サングレール人の血が流れているかどうかは、別に俺がソロで活動してることと何も関係ねえよ。俺は気楽だし好きだからソロでやってるんだ」

「……好き好んでソロを……？　誰かと一緒の方がいいのに、わざわざ一人で……？」

「新種の魔物を見るような目をやめなさい。いるんだそういう人たちは。実在するんだ」

まあ実際ソロで上手くやってる奴なんて、レゴールじゃ数えるほどしかいないのは事実だけどな。

でもな、岩の下でしか生きていけないナメクジもこの世界にはいるんだよ。そういう人たちはそっとしておかなきゃいかんのよ。

「……では気が向いたらいつでも声をかけてくださいね？」

そう言って、〝最果ての日差し〟の面々はギルドを去っていった。

……まぁ根は悪くないんだろうけどさ。

ああいうタイプは人の地雷を知らないうちに踏み抜きそうだからなんか怖いわ。世渡りが上手そうなタイプには全然見えない。

若干ナチュラルに上から目線で勧誘してきたし、何か遠からず揉《も》め事《ごと》を起こしそうな気がする。

物騒な事件だけは起こらないでくれよなー。

「良いのか、モングレル。お前をパーティーに入れてくれる優しいパーティーだぞ？　この機会を逃すのか？」

「あちゃー、やっちまったなモングレル……まさかあの伝説のパーティー、最果てのなんちゃらの誘いを断るとは……あー、もったいねえ！」

「うるせー」

遠くでニヤニヤしながら見てた酔っぱらいどもが本当にうるせえ。

あと他所様のパーティー名を公然と馬鹿にするのはよくないぞ。俺の中では全然マシだよ、最果ての日差し。

ハルペリアの軍やギルドの奴らにとっては、太陽モチーフはあまり好まれてないからな。だから傾《かぶ》いてるように感じるのかねぇ。どうでもいいけど。


ある日、俺がギルドのテーブルで自家製携帯ポリッジの素《もと》を頑張ってミルクでほぐしていた時のこと。

「モングレル。うちの可愛《かわい》いライナを危ない目に遭わせたらしいじゃない」

テーブルの向かい側に、一人の美女が座ってきた。相席をするにはまだ周りの席に空きは多いんだが。

「〝アルテミス〟のリーダー、継矢《つぎや》のシーナさんじゃないですか。お疲れ様です」

「ライナを連れ出した挙句《あげく》、サイクロプスと戦ったって聞いたわよ」

「まぁそれは事実だが、不意の遭遇だったんだから勘弁してくれ。極力俺も安全には配慮してたよ」

「どうだか」

　この長い黒三つ編みの女は、シーナ。〝アルテミス〟のリーダーだ。

〝継矢〟の異名の通り天才的な弓の名手であり、弓だけならこの街レゴールで最も優秀だ。

王都出身という色々と過去に謎の多い女だが、詳しくは知らない。まぁ貧乏貴族だか没落貴族だかの子孫じゃないのかなって気はしてる。そんな気品のある奴だ。

　パーティーリーダーとしての手腕も本物で、ほぼ女だけのパーティーでありながらお手本のような組織運営を何年も続けている。

　……だからこそ、不意とはいえサイクロプスと遭遇した俺に対して当たりが強いんだろう。外側から見りゃ、まあ危なっかしい真似をしてるようには見えるだろうからな。俺も普段からソロだし。

　あと、前にパーティーメンバーの一人に失礼な事言っちゃったし。……主《おも》にそこらへんが原因な気もしてきたな。一応その場で謝ってはいるんだが……。

「サイクロプスと一対一で戦うなんて、正気じゃないわ。サイクロプスは皮膚も体毛も頑強で、そう簡単に倒せる相手じゃない」

「俺も一人ならどうだったかな。けど今回のはライナが弓で顔に傷を負わせてくれたから助かったよ」

「聞いた。けどそれも、傷は浅かったんでしょう」

何だバレたか。まあライナから聞いたらそうなるか。口止めしてたわけでもないし。

「敵はノコノコと川を歩いて渡ってきたからな」

「私は貴方《あなた》の実力を疑問に思っているの、モングレル。運良く倒してしまったのか、それとも別なのか」

「……シーナ。結局俺に何が言いたいんだよ？」

「今度、私たちと合同任務を受けなさい。貴方がライナを守れるだけの力があるかどうかを試させてもらう」

「いやなんで俺が」

「嫌ならライナを外に連れ回すような真似はしないで頂戴。あの子は私たちの大事な仲間だから」

……なるほどね。

少人数でライナを外に連れ出すなら、それなりの力を示して見せろと。そういうことだ。でなけりゃ関わるなと。まあ仲間の命を預かるパーティーリーダーとしては尤《もっと》もな話だな。

「俺はライナと約束してるんだ。また、一緒に行くってな。良いだろう」

「……！　受けるのね」

「ああ。あいつが十匹《ツ抜け》で俺がボウズ……そんなんで、このまま終わらせるわけにはいかねえよ」

「……ああ、自慢してたわねあの子。釣りで勝ったって……」

「あれは何かの間違いだったってことを証明してやる」

「……念のために言っておくけど、魚釣りの腕前を試したいわけじゃないわよ？　討伐《とうばつ》任務を受けて、剣でも何でも良いから腕前を示してもらえればそれで良いから」

「わかってるさ。ちゃちゃっと見せてやるよ」

とは言ったものの、さて。

人前でギフトやスキルを使うわけにもいかんしな。

どうにか工夫して、そこそこ戦えるんだぜってとこを示していかないと駄目か。

まーやってみればどうにかなるだろ。

「ところでシーナ。この携帯ポリッジの素、買ってみるつもりはないか？　ミルクやエールに漬けるだけでポリッジになる便利な携行食だ。今なら格安で――」

「いらない」

「そうか……」

# 第十五話　万能兵装、その名は弓剣

BASTARD・SWORDS-MAN

俺は〝アルテミス〟との合同任務に臨むことになった。

ライナを連れ回すつもりなら彼女を守れる腕っ節を証明してみんかい、という流れだ。過保護とは言うまい。年頃の女を得体の知れない男に預けたい奴《やつ》はいないだろう。

何より俺自身、得体の知れない変なおじさんという自覚はあるからな。わざとそう振舞ってるのだから、こういうしっぺ返しがどこかで来るのはわかりきっていた。力試しだって今回が初めてというわけでもないしな。

俺の実力を試すための任務は、二日仕事の森林探索となった。

森の中で消息を絶った不運な新入りどもの探索と、馬鹿な新入りが森の中に無許可で仕掛けた罠《わな》を見つけ次第解除するという、この時期特有の甲斐甲斐《かいがい》しいケツ拭き任務である。

森に行ったまま帰ってこない奴らは大抵が死んでるか、野盗になってるか、もしくは無言でサラッと故郷に帰ってるかのどれかだ。いずれにしても手がかかる連中だ。

とはいえ闇雲に森を歩き回るわけではなく、森の奥にある規定の作業小屋まで行って帰ってくるという明確なルートは設定されている。

# 【第十五話　万能兵装、その名は弓剣】

寝泊まりは先客がいなければ作業小屋でできるし、周辺はそこそこ安全だ。完全に暗くなる前に作業小屋へたどり着けるかどうかが重要になってくる。

道中で魔物に出くわすか、罠に襲われるかは運任せ。

だが俺の経験上、この道中で完全に何もないという経験はない。

ギルドマンとしての俺の総合力を見るクエストってこったよ。


「待たせたな」

まだ仄暗《ほのぐら》い明け方。

東門に行くと、既にそこには〝アルテミス〟の面々が揃《そろ》っていた。

「あれ、さすがに〝アルテミス〟全員集合ってわけでもないのか」

「もちろん。大人数でこなす任務でもないし、他に色々とやることもあるもの。うちも分担してるわ」

「俺で最後かな？　馴染《なじ》みのない奴もいそうだから一応挨拶しておくか。俺はモングレル、見ての通り剣士だ。ランクはブロンズの３」

集まっていた〝アルテミス〟のメンバーは五人。

リーダーのシーナ、後輩のライナ、あと前に男と見間違えたゴリリアーナさんは知っているが、他二人は顔は知ってるけど話したことのない奴らだった。

「やぁどーも、モングレルさん。私はウルリカ。見ての通り弓使いだよー。ランクはシルバーの２。酒場で顔合わせたことはあったけど、こうして話す機会はなかったね？」

ウルリカと名乗った薄紅色の髪のショートポニーの女は気さくそうな、明るいタイプの子だった。

ライナの姉貴分と言えばしっくり来そうな感じがする。

「ナスターシャだ。水魔法使いのゴールド1。今回はお前の実力を見極めるために来た。それ以上でもそれ以下でもない」

おう、こっちの女はだいぶキツそうだな。

青い長髪に人を寄せ付けない鋭い眼差《まなざ》し。冷たい印象の女だ。あと胸が大きい。

シーナとよく一緒にいるけどほとんど喋《しゃべ》っている姿は見たことがなかった。そんな声してたのな。

「……」

で、こっちの……アルテミスというよりどちらかといえばアルケイデスとかヘラクレスっぽい屈強な感じのお方は……ゴリラ、違う、ゴリリアーナさん。

俺ですら見上げるほどの上背。筋骨隆々な肉体。どう見ても……女性です。本当にありがとうございました。

「ほらゴリリアーナさん、一応挨拶はしておかないと。最初なんですからー」

「そっスよ。モングレル先輩も反省してますし、そう悪い人じゃないスから。怖がらなくて大丈夫っス」

シーナとライナに押され、ゴリリアーナさんがうっそりと俺に歩み寄る。

彼女が背負う半月刀《グレートシミター》の間合いだ。何故《なぜ》かそんなことを考えてしまう。

「あの……ゴリリアーナ、です……シルバー2の剣士です……今日は……よろしくお願いします……」

「あ、はい……どうぞよろしくお願いします」

見た目の割にオドオド喋るのがなんか怖いんだよな、この人。

いや、オドオドさせたのは俺の第一印象が最悪だったからかも知れないんだが。でもこのナリで女だとは思わんじゃん。声も俺よりダンディじゃん。初見殺しじゃんそんなん。わからんて。

まあ、まあまあ、今回を機にわだかまりを取り払っていきたいとこですね。はい。

あまり敵に回したいビジュアルしてないし……。

「……私とシーナさんは紹介はいらないスよね」

「いらんいらん。作業小屋着くまでに日が暮れるといけないし、さっさと出発しようぜ」

「ちょっと、貴方《あなた》が仕切るわけ？　今回は〝アルテミス〟の人数が多いのだから、私たちの指針に従ってもらえると楽なんだけど」

「おう、そこに異存はない。指示待ちのが楽だしな。でも今回は俺の力を見るんだろ？　俺の舵取《かじと》りも少しは見ておいても良いんじゃないか」

「あ、私さんせーい！　いつも〝アルテミス〟の動きしか見てないし、たまには他人のやり方も見てみたいなー」

「なかなか話がわかるじゃないか。ウルリカだっけ。よろしくな」

「はーい！」

シーナが少しだけ渋い顔していたが、俺の実力を見ると言った以上異存はないらしい。

俺に舵取り含め先行させる形で、とりあえず今日は様子を見ることになった。

森に入ると、通い慣れた獣道を進んでゆく。

入り口からしばらくは馴染みのある森だ。ここらで獣が飛び出すことはほんどない。

だからまだまだこの辺りでは遠足気分である。

それでも不意の遭遇に備え、陣形は整えてある。

前後からの襲撃を警戒し、先頭から見て剣士・弓使い・魔法使い・剣士という陣形だ。

この並びになると自然と、弓使いの連中と会話も弾むわけで。

「へー、だからモングレルさんってソロでもお金持ってるんだぁー」

「数人でやる任務を一人でやるわけだしな。人の三倍は休みがあるってわけよ」

ウルリカは話好きなのか、後ろからしょっちゅう話しかけてくる。

賑《にぎ》やかで退屈しないのは良いけど、一応そろそろ周りに警戒してくれるとありがたいんだが。

「でもモングレル先輩がお金持ちってイメージは全然ないっスね。いつも変な買い物してる気がするっス」

「失礼な奴だなお前。俺は必要と思ったものだけ買ってるんだぞ」

「っスっス」

「今回も〝アルテミス〟と合同ってことで、とっておきの弓を持ってきたしな？」

「えっ！　モングレルさんって弓も使えるんだー!?」

「マジっスか。言われてみれば確かに背負って……え、なんかそれ形変じゃないスか」

「お、見るか？　前に黒靄《くろもや》市場で安売りしてたのを買ったんだ」

新武器のお披露目ということで行軍停止。致し方ない足踏みだ。

怖い顔しないでくれシーナ、ナスターシャ。お前たちもこれを見ればわかってくれる。

「じゃじゃーん！　弓剣！」

布を取っ払ったそこには、弓の端に小さな刃物を取り付けたカッチョイイ武器があった。

そう。この弓剣、普段は弓で遠距離攻撃しつつ、相手に近づかれた時はこの弓に備わった刃物で槍《やり》のように闘うことができるのだ！

「うっわ……まじスか。またそんなのにお金使ってるんスか……」

「ハハッ……」

あれ、反応鈍いな。今回の弓は長さもあるしちゃんと矢も飛ぶんだが。

ただ剣の部分が滅茶苦茶《めちゃくちゃ》邪魔だけど。

「一応聞いておきたいんだけど。モングレル、貴方それまともに使えるの？」

「ああ、使えるぜ。矢も一本持ってきたしな」

「一本」

「矢って高いのな。まとめ買いする勇気はなかったわ。まあここからあの木までの距離なら当たらなくもないってとこかな」

「射程短っ！　ほぼ投げナイフの距離じゃないスか！」

「良いんだよ、外したら接近戦すれば良いだけだし。俺はそっちのがメインだしな」

……新武装のお披露目で逆に心配そうな顔されてるんだけど。

いや別に弓が追加されたからって俺が弱体化するわけではないんだが？

それに俺だって、今回は矢は当たればラッキーくらいのもんだと思ってるわ。流石《さすが》にその辺り自惚《うぬぼ》れてはいない。

まぁ暇な時に矢を貸してもらって練習したいなとは思ってるけどな。

「さあ、そろそろ森も深くなってくる。警戒して進んでいこう」

「うっス……」

「……ねぇライナ。あの人っていつもあんな感じー？」

「あーはい、大体あんな感じスね……」

「聞こえてるんだが？」

陰口は本人のいない所でやりなさい。

# 第十六話　一矢の報い

「待て。括《くく》り罠《わな》がある」

俺は後続の〝アルテミス〟たちを止め、茂みのそばにしゃがみ込んだ。

枝葉で隠されてはいるが、間違いない。人為的に仕掛けられた罠だろう。

ただロープを手足に引っ掛けて拘束するだけの罠だが、森を歩く人を引っ掛けては大変だ。

こういうものは近くの木に罠の設置を主張する色紐《いろひも》を巻き付けることが義務付けられているし、罠本体にギルドから売り出されてる番号入りの金具を用いる必要があるのだが、この罠にはそれがない。

そして罠の近くの藪《やぶ》の根元には暴れ回った獲物を弱らせるためであろう鉄片が埋め込まれていた。よくもまあここまで悪どい違反の数々をコンプリートできるわ。

農村出身の奴《やつ》は本当にこういうのが多くて困る。

「違法罠っスね」

「回収しておく。今年は結構あるな」

# 第十六話　一矢の報い

「最近の新人はなーんも考えてないみたいだねー。自分たちのいた土地では好き勝手できたんでしょーけどさ」

「ギルドの初期講習をもっと手厚くやってほしいもんだね。なんなら筆記試験でもやった方がいい」

「そんなことしたらギルドマンいなくなっちゃうよ」

　ウルリカの懸念も尤《もっと》もだが、こうもならず者が多いとな。

　まともなギルドマンと犯罪者で半々くらいじゃないか？　どうせ無理ならさっさと細かめの篩《ふるい》にかけてやった方がマシだと俺は思うね。

　中途半端に味を占めて居着かれるよりは手間も金もかからねえよ、多分。

「……ふん、なるほど。罠を見極める目は持っているのね」

「まぁそれなりにはってとこだな。シーナたちみたいな生粋《きっすい》の狩人《かりうど》でもないから、多少の見落としは勘弁してくれよ」

「いえ、思ってたよりも十分よく見えてる」

「……本当に褒めてる？」

「褒めてるでしょう」

「なんか目が怖いんだよな」

「うるさいわね」

「あはははっ」

「ウルリカ、黙りなさい」

「はぁーい」

森を歩いてちょっとした異変を探す。そんな技術もこの世界に来てから磨かれたものだ。

だから正直、あまり自信がない。人並みに培《つちか》った技術といえば普通なんだろうけど、転生チート主人公補正が掛からないものになると滅茶苦茶《めちゃくちゃ》不安になるんだよな。そのおかげで勉強に身が入るのが皮肉ではあるんだが。

「足跡っス」

「え、どこだ？　ライナ」

「これスね」

それからさらに歩いていると、真っ先にライナが痕跡《こんせき》を見つけだした。

この足跡を見つける作業もマジで苦手だわ。そこらへんの土も似たように見える。今でも獣道ですら怪しいのに。

「本当ね。よく見つけたわ、ライナ」

「よくやったぞーライナ」

「えへへ」

褒められてるライナを見ていると、普段の〝アルテミス〟での扱いがわかるな。

仲良くやってるとは聞いていたが、本当に末っ子みたいな可愛《かわい》がられ方してやがる。良かった良かった。

# 第十六話　一矢の報い

「……なんスか」

「いやなんにも言ってないが」

そういう姿を見られたくないお年頃ではあるんだろう。

まぁもうこいつだって十六歳だからな。小さく見えるけど、既にライナも立派な大人だ。

「……足跡は、大きめのチャージディアか」

今までほとんど会話に加わることもなかった魔法使いのナスターシャが、足跡に指を突っ込んで深さを測っている。

土の沈み具合で獲物の重さをイメージしているのだろう、多分。

ちなみにチャージディアとは、すげー殺意高い形の角をした鹿型の魔物である。

払うよりも突き刺すことに特化した形状の二本角を持ち、敵に突進して刺し殺すという シンプル故に強力な攻撃方法を好む。

明らかに肉食しそうな角を持ってるくせに草食なので、突き殺すのは単なる趣味か本能的なものらしい。害獣に新たな害獣要素が加わったガチの嫌われ者だ。

角のリーチがある分クレイジーボアよりも厄介《やっかい》に感じる奴は多いそうで、狩りに慣れたギルドマンでも毎年何人も殺されている。

だが討伐《とうばつ》した時の儲《もう》けは、皮が金にならないクレイジーボアよりもちょっとだけ良い。

角も皮も肉も余すとこなく金になる。俺は大抵角とかは折っちゃうけど。

「縄張りではないわね。単にここを通りかかっただけみたい」

「水場に向かってるわけでもないみたいっスけど、なんなんスかねこれ」

「色々と新人に引《ひ》っ掻《か》き回されてるからそのせいじゃなーい？　最近の森の分布は当てになんないよ」

「そうね。まだ深く考えるだけ無駄かも。……モングレル？　貴方《あなた》は何かない？」

いやそんなの俺に振られてもな。大体の考察お前たちで済ませちゃってるじゃん。

「俺は見つけた獲物を殺してるだけだから、猟のノウハウはなんもわからんぞ。普段からギルドが出した依頼の場所まで行って適当に探してるだけだしな。素人目線《しろうとめせん》じゃ的外《まとはず》れなことしか言えん」

「……そう、まあそういうものか。わかったわ。じゃあ移動を再開しましょう」

「おう」

力を見せるだけなら、手っ取り早くチャージディアやクレイジーボアが現れてくれれば助かるんだけどな。

ほどよい強さの魔物をぶち転がせば俺の強さに納得はしてくれるだろ。

それに一発目は弓剣使ってみたいし。

「お？」

「グア？」

なんて事考えながら歩いていると、獣道の先からゴブリンたちが歩いてきた。数は二体かな。

# 第十六話　一矢の報い

登山道で向かい側から来たようなシチュエーションである。

もちろん相手は「こんにちはー」と挨拶しても友好的にはならないが。

「ゴブリンっスね」

「最近増えたねー、畑に隠れてた奴らが森に逃げ込んできたのかな？」

「ゴブリンの行動を予測しようとするだけ無駄よ。モングレル、ここは一体任せて良いわね？　先に弓で数を減らすから」

「二体とも任せてくれて良いよ。チビのゴブリンになんか手こずるかっての」

向こうでギャーギャー喚《わめ》いて威嚇《いかく》するゴブリンたち。普通なら俺たち大勢のギルドマンを相手にすると逃げ出すんだが、〝アルテミス〟の面々が綺麗《きれい》なメスであることに気付くや否や、逆に戦意高揚している。それでこそゴブリンだ。

「矢は一本あればいい。何故《なぜ》かって？　一本あれば一体を殺せるからだ」

「なんか始まったッス」

俺は弓剣に矢をつがえ、引《ひ》き絞《しぼ》った。

ギリギリと軋《きし》む弦。棍棒《こんぼう》を構えてソロソロと近づくゴブリンたち。

「なんか構え方おかしー」

「笑っちゃ駄目スよウルリカ先輩」

「体から離れすぎよ。もっと顔に寄せて」

極限まで研《と》ぎ澄《す》まされた集中は外野のやかましい女たちのクソリプを遮断し、やがて最高潮に達する。

「疾《シッ》！」

「ゴァッ⁉」

そうして放たれた流星は、目にも止まらぬ速さでゴブリンの横の木の幹を深く穿《うが》った。

「シッ！　だって」

「いやー今のはさすがにダサいっス」

「わ、笑ったらだめよ。さ、最初はみんな初心者なんだから」

「オラァ！　弓剣の本領見せたらぁ！」

「ギェッ⁉」

外れた弓矢に気を取られた隙に、俺はゴブリンたちの懐《ふところ》へ素早く潜り込んだ。

そこそこのリーチをもつ弓剣の刃はゴブリンの喉と心臓を切り裂き、俺の失態の目撃者二体は速やかにこの世界から去った。

「弓術はちょっと目も当てられないけど、接近戦の思い切りは良かったわね」

「あれ、モングレル先輩それもうしまっちゃうんスか」

「どうせ俺なんて弓とか向いてねえし」

「あらー拗《す》ねちゃったよモングレルさん。ごめんなさいってー」

やっぱ使い慣れたバスタードソードが一番だわ。これさえあればほぼ全てに対応できるからな。

# 第十六話　一矢の報い

弓はもう今日はいいよ。また宿屋の壁に掛けてインテリアになってもらうから。

「……相変わらず、短めの剣を使い続けているのね」

「ん？」

シーナが俺のバスタードソードを見て、思うところがありそうな顔をしている。

まあ、軍で採用しているロングソードとは刃渡りで二十センチメートル近く違うから言いたいこともわかるが。

「柄の端を握っておけばそれなりにリーチも伸びるし、問題ないぞ。これなら少しは長めだからな」

「だったらロングソードを使えばいいのに」

「ハッ」

「何よその笑いは」

「お前たちはまだバスタードソードの強さを知らない」

みんな〝本当か？〟みたいな呆《あき》れた顔をしてるけど、まぁ後で何か魔物が出たら見せてやるよ。

「モングレル先輩。私はその剣の強さわかってるつもりっスよ」

「おお、ライナはわかってくれるか。見てたもんな」

「っス。直に見せられて助けてもらったら、文句言うなんて無理っスもん」

「ふーん……まーその話はライナから聞いてたけど、ほんとかなー？　とは思っちゃうよねぇ。後でゴリリアーナさんと模擬戦でもしてもらおうかなぁ？」

「いや……俺的にそういうのはちょっと……」

それなりに良いとこは見せたいんですけどね。

ゴリリアーナさんと戦うのはちょっとやだな俺。

いや負ける気はしないけど、怖いじゃん、なんか。

「お前たち。そろそろ休憩するぞ。昼食の時間だ」

俺たちはその後も歩き続け、途中の開けた場所で何度か休憩をとった。

罠もいくつか解除して、弱っちい魔物を適当に追い払って、それでも大きなトラブルもなく、夕方近くには目的の作業小屋まで到着した。

「先客がいるな」

どうやら作業小屋には先客がいるらしい。

林業を営む人だとか、遠征目的の連中だとかがここを利用している場合もあるので仕方ない。

の、ではあるが。

「問題は、あそこにいるのがまともな利用者かどうかってことだよな」

「……っスね」

面々の顔色に、これまでとは違う真剣な色が宿る。

そう。この作業小屋、実は絶好の盗賊宿泊スポットでもあるのだ。

# 第十七話　優位な交渉

レゴール北東に位置するバロアの森は、レゴールにおける重要な木材採取地だ。

石材資源に乏《とぼ》しいレゴールでは、特に建材としての木材の需要が高い。冬には薪《まき》としても大量に必要になる。

森が魔物の住処《すみか》になるというわかりやすいデメリットも無視はできないが、人はなんだかんだで森の恵みなしには生きていけないのだ。

そんなバロアの森にはいくつか作業用の小屋があり、そこは簡易的な宿泊であり、道具の整備、修理ができる簡単な作業台などが置かれている。

猟師《りょうし》や林業関係者など、さまざまな人が使うこの作業小屋だが、かといって誰でも使って良いわけではない。

ちゃんと利用者には制限がかかっており、ギルドから許可を得た者や街から認められた者だけが使えるようになっているんだ。

しかし、鍵が掛かってない。

そうなったらもう、あれだ。誰が何を言っても無駄なんだろうな。勝手に利用する奴《やつ》らは大勢出てきちゃうんだわ。

豊かな森の中で寝起きができる屋根と壁付きの、鍵のない建物。当然、森の無法者はこういう場所が大好きなものでして。

まぁだからこそ、今日の俺たちみたいなギルドマンが定期的な見回りをやってるんだが、もう少しなんとかした方が良いとは思うんだわ。

特に小屋の利用に関しては前もって予約できるようにしてほしい。許可を持っている者同士で利用日が被ってるなんて事がざらにあるんだよ。

大人数で被ったりしたら、山小屋かよってくらい足の踏み場もないほどになり、大勢が雑魚寝《ざこね》することも珍しくない。誰かの脚を枕に寝る感じだ。俺はそう言うのマジで耐えられんタイプ。

「人の気配はする。外のは……解体の跡だな」

作業小屋の近くには東屋《あずまや》があり、そこには作りかけの木材の何かや、粘土から作った煉瓦《れんが》が無造作に置かれている。

そしてその側の木には、野生生物の解体をしたのであろう、吊《つ》るされた肉がぷらぷらと揺れている。あれはクレイジーボアの足かな。

「作業小屋に人がいるわね」

「人数はー……何人かなぁ。話し声はするけど」

「猟師っスかね」

# 第十七話　優位な交渉

「……さてな」

俺はひとまず、木にぶら下がっているクレイジーボアの足を検分した。

どうやら括《くく》り罠《わな》に引っ掛けたものらしい。締め付けの際に棘《とげ》付きの金具で出血を強いるもので、これは引っ掛けた際にクレイジーボアが暴れまくったせいか、足に深く食い込んで抜けなくなってしまったようだ。頑強な紐《ひも》が深く埋《う》まり、ほとんど一体化している。

そして、俺はこの棘付きの金具と紐に見覚えがある。

「あーあ」

荷物からつい先程回収した違法罠を取り出して見比べてみると、一致した。

使っている紐、金具、両方非正規のもので、手作り。だというのに一致している。

間違いなくこの解体跡は、違法罠を使っていたならず者によるものだ。

「この罠、正規品じゃない奴っス……？　違法罠はルールで禁止スよね……」

「ええ、そうみたい。……面倒な物を見つけてしまったわね」

「全くだ。見つけなきゃ見ない振りもできたんだが……」

思わずシーナと顔を合わせる。

彼女もまた、俺と同じで少し億劫《おっくう》そうな顔をしていた。

正直、違法行為も少しくらいなら良いんだ。見つからないように、他の奴に危害を加えなければまぁ、破ってる奴なんて結構いるしな。

ただ調査任務中に見つけたらね。それも、俺たち合同でやってるから見て見ぬふりするのもちょっとしにくいのもあってね……。

だが現実問題として、この作業小屋には既にそいつらがいる。しかもそろそろ日が沈む。俺たちはどうあっても、この作業小屋かその近くで夜を明かさなければならない。軽犯罪者たちと一緒にな。

考えるだけで面倒になるだろ？

「……とにかく、真っ暗になる前に動くか。なぁ、作業小屋の奴らとの話し合いは〝アルテミス〟に任せていいか？」

「そうね。私たちの方がランクも……いえ。できればで良いんだけど、交渉も貴方《あなた》に任せて良い？　モングレル」

「え、なんで。俺よりそっちの方が箔《はく》ついてるだろ」

「貴方が人を、ならず者を相手にどう対処するかを見ておきたいの。私たちはいざとなれば全員、全力で貴方を守るわ。それでも自信がないなら、まぁ別に良いけれど」

おいおい、嫌な仕事を任せてくれたたな。

まぁ良いけどさ。援護も誤射さえしなければありがたいし。

「わかった。……できるだけ穏便に済ませるつもりだ。聞いておくが、何も知らないふりをして一晩小屋で同居するのは？」

「無理。無法者相手に隙は晒《さら》せない。最低限拘束しないと駄目。相手は何をするかわからない犯罪者なのだから」

# 第十七話　優位な交渉

この辺り、シーナはとても高潔な人間だ。

まぁ〝アルテミス〟も女だけのパーティーだし、警戒するに足る経験も色々あったのだろうとは思うが。

「モングレル先輩、気をつけて」

「おう」

弓を準備するライナに応《こた》え、俺は作業小屋の扉をノックした。

それまで談笑していた気配が途絶え、沈黙。ややあって、人の気配が近づいてきた。

「誰だ？」

「ギルドの者だよ。泊まりにきたんだ。開けるぞ？」

「まあ、構わないが」

小屋の扉を開けると、中には三人の若い男たちがいた。装《よそお》いからして猟師。今は解体したボアの肉の脂身《あぶらみ》を選《よ》り分《わ》けているところだったらしい。

こいつらとはギルドでも顔を合わせたかどうかはわからない。新入りではあるんだろうけど。

だが、少なくとも明らかに「盗賊！」って感じの奴らではないようで安心した。

まあほぼ間違いなく違法罠を仕掛けたならず者ではあるんだが。

「三人か。表の木に吊り下げてたのは、その肉の奴か？」

「ああ。小さいボアだったよ。パワーのある奴だった」

自慢げに自供《じきょう》されちゃったよ。隠す気もないのか？

「おい、こら」

「あっ、いけね……」

いやいや、今更口滑らせた感じになってもね。

あーでもこれで決定か。参ったな。こいつらどうしようか。

街に戻ったらひとまず証拠品と一緒に衛兵に突き出せば終わりなんだが、それまでの間が問題なんだよな。

「……違法罠を仕掛けてたの、お前らだろ。回収しといたぞ、これ」

「！」

「聞いてなかったは通らないからな。お前たちの首にぶら下がってるその鉄飾《てつかざ》り、新人ギルドマンの物だ。最低限の講習を受けている以上、言い訳はできねえ」

三人の若い青年は、互いに目配せしながら狼狽《うろた》えている。

得物は解体用のナイフ。そしてマチェット。ショートソードと同じリーチで威力は高いが、魔力による肉体の強化が使えなければ振りは遅い。

「……なぁおじさん」

「まだギリギリおじさんじゃない。モングレルと呼んでくれ」

「……モングレルさん。俺たち金がなくて困ってるんだ。だからこうして頑張って狩りをしてる。確かに罠は……良くなかったと思う。けどそこまで悪いことじゃないだろ。もうやらないからさ、今回だけは見逃してくれないか？」

まぁ君たちからしてみればそのくらいの事は言うよね。

「すまんな。俺たちも調査の名目でこの森に入ってるんだ。その任務を放棄して見なかったことにするのは、ギルドマンとしての信用に関わる」

「そこをなんとか」

「それとお前たちは違法罠をなんて事のないものだと思っているのかもしれないけどな。このバロアの森はレゴール伯爵《はくしゃく》の土地で、その一部の管理を任されているのがギルドなんだ。貴族からの真っ当な信用と、何者でもないアイアンクラスのお前たちのお願い……そんなもんを天秤《てんびん》にかけられるわけがないだろ」

簡単な規則を守る気もない奴と共犯者になるなんてごめんだ。無駄に危険なだけでなんの旨味《うまみ》もない。

それにもうやめるだなんて約束、軽すぎて鼻息だけで飛ばせるわ。今日は一つの違法罠しか見つからなかったが、どうせ探したら他に幾つもあるんだろうしな。

「……ノッチ。ジェスト」

「ああ」

「仕方ねえよな……」

明確な言葉は使っていない。だが三人はそれぞれ武器の柄に手を置いて、そろそろと俺に近づき始めた。

勘弁してくれ。人間の血は苦手なんだ。

「あー……外に出てやろうぜ。ここじゃ狭いだろ」

「……モングレルさん。あんたは一人か？」

「いや、一人じゃない。外に五人いる」

「えっ」

「シルバーランクとゴールドランクもいるぞ。弓の名手が三人、ボアを素手で締め殺せそうな剣士が一人、超凄腕《ちょうすごうで》の魔法使いが一人だ。まあ、だからほら。……諦めた方がいい。お前たちは運が悪かったよ」

さすがに伏兵の豪華さにビビったか、彼らは小屋を出る事なく立ち止まっている。まぁ怖いよね。

「……嘘《うそ》だ。ハッタリだ」

「嘘か⁉　ならロディ、やっちまうか……⁉」

「まぁ待て。あー、なんなら少し外見てみるか？　見てもらえれば無理だってのはわかってもらえると思う。ここで俺を攻撃したら、こっちも流石《さすが》に反撃しなきゃならん」

「……外に伏兵はいる。でもその人数とかゴールドってのはハッタリだ。このおっさんはブロンズだぞ。そんな奴が一緒に組めるわけがない」

うーん！　間違ってるんだが妥当な推理だ！　俺のランクが悪いなこれは！　確かにその通りだ！

# 第十七話　優位な交渉

「おっさんを先に殺して、外の奴も仕留めるぞ！」

「ああ！」

交渉決裂かよ。こりゃ最初からシーナに出てもらった方が良かったな……！

「悪いみんな、ダメだった！」

言いながら、俺は小屋の外へと飛び出してゆく。

そして後から三人のならず者が続き、マチェットを片手に迫ってくる。

「撃つなよ⁉　俺一人でやる！」

「！」

三人が飛び出した瞬間、シーナたちは既に発射の態勢を整えていた。

だがどうにか寸前で踏み留まってくれた。ありがたい。

逆にならず者たちは、いざ外に出てみれば言われた通りの布陣が待ち構えていたことに驚き、固まっている。

「犯罪奴隷に堕《お》ちても死ぬわけじゃない」

「ぐっ⁉」

バスタードソードを振り払い、呆然《ぼうぜん》と構えられたマチェットを弾《はじ》き飛《と》ばす。

強化を込めた剣にかかれば、重い大鉈《おおなた》を飛ばすくらいわけはない。

そのまま武器を失ったリーダーらしい男の腹を蹴り上げ、強制的に蹲《うずくま》らせる。

そこで無防備な首元に切っ先を当ててやれば、終わりだ。

「武器を捨てて降伏しろ。一応、悪いようにはしないからよ」

「……！　ろ、ロディを殺さないでくれ」

「殺さないから武器を捨ててくれ。二人ともだ。……〝アルテミス〟、こいつらが何かしたら撃って良い」

「当然ね」

警戒はしたが、結局三人はそれ以上の抵抗を見せなかった。

戦力差がどうしようもないことを見た時にはほとんど諦めていたのだろう。大人しく武器を捨て、俺たちの拘束にも粛々と従っていた。

皮肉なことに、連中の拘束には頑丈な罠用の紐が役に立った。

クレイジーボアの大暴れを縛り止めるだけの強靭《きょうじん》な道具だ。これまで散々使ってきたそれで縛られてしまえば、彼らも下手な考えはしないだろう。

「……たった一発だけの剣だったけど、見事だったわ」

両手を縛られた若者たちは沈痛な面持ちで小屋のそばに座っている。

時折ぼそぼそと話しているが、多分脱走の算段ではないだろう。盗み聞きしたい話ではなさそうだ。

そんな彼らを遠目に眺めながら、俺とシーナは話していた。

「ただ相手の得物を弾いただけだよ」

「そうね。けど殺しにくる相手に、少し甘いとも思ったわ」

# 第十七話　優位な交渉

「寝覚めが悪いからな」

「一歩間違えば誰かが怪我《けが》をしたかもしれない」

「それはまさにその通りだ。言い訳のしようもねえわ」

本当なら、決裂の時点で殺すべきだった。

外に出て、〝アルテミス〟の斉射で速やかに殺す。それが安全策で、王道だったのだろう。実際、情けをかけるほどの相手ではないからな。……この世界の基準では。

「でも、貴方が躊躇《ちゅうちょ》なく人間を殺せるような人じゃなくて良かったとも思っているわ」

「……俺の強さとは関係ない部分だが？」

「そうね。けど、私たちが見たかったのは何も、それだけってわけでもなかったから」

「過保護だねえ」

「ライナはうちの家族みたいなものだから、当然でしょ。……優しい相手と一緒なら、多少のケチは見過ごせる」

「ケチっておま」

ライナとウルリカが小屋周りの朽木を集め、それをゴリリアーナさんが手頃な大きさに薪割《まきわ》りしている。

焚《た》き火《び》の支度《したく》をしているのだ。今日の飯は……あの三人が捌《さば》いてたボア肉ってことになりそうだな。

「モングレル、貴方のことを認めるわ」

「へいへい。嬉《うれ》しいね」

「なによ、もっと喜んでも良いのに。……良ければ〝アルテミス〟に入れてあげてもいいのよ。任務の性格によっては、一緒に動けないことも多いでしょうけど」

「それは嫌だよ。女ばっかだもん」

「ふふふ、ライナの言った通りの断り方してる」

その時のシーナの笑い方は、〝アルテミス〟の仲間内に見せる時と同じような、とても柔らかなものだった。

「けど残念ね。貴方がいればウルリカに次ぐ二人目の男メンバーだったのに」

「⁉」

男ってあいつかよ！　わからんわ！

# 第十八話　隠していない力の一端

ライナが懐いている男の実力と人柄を見る。

ブロンズ3の平凡なギルドマン、モングレル。

今回の調査任務は、彼を試す。ただそれだけのものだった。

普段であれば作業小屋までの往復で、道中に現れる低級な魔物を相手にするだけの簡単な仕事。

しかし時期が悪かったのか、作業小屋には密猟者たちが屯《たむろ》していた。そのせいで少し面倒なことになってしまったけれど……結果としてみれば、モングレルの対人戦闘力を見ることができたし、良かったのかもしれないわね。

「お前ら、これから犯罪奴隷だからな。まぁ、抜け出すまでは時間がかかるだろうが。けどお前らもまるきり馬鹿ってわけじゃないんだ。真面目《まじめ》に頑張れば使い潰される前にどうにか、這《は》い上《あ》がれはするだろ」

夜。

焚《た》き火《び》を囲んで食事を摂《と》った後、モングレルは拘束した二人に話しかけていた。

BASTARD・SWORDS-MAN

聞く側からしてみれば自分たちを捕らえた張本人からの説教だ。鬱陶しくもあるだろう。けど、モングレルという男はきっと、他ならぬ彼らのためを思ってそんなことをしているのだ。

ライナの話でよくモングレルの名は聞いていたし、ギルドによく顔を出していたので話すこともあった。

ライナが〝アルテミス〟に加入する前に彼女を指導していたのがモングレルだ。

しかし同じパーティーに入れて任務をこなしていたというわけではないらしく、長く付き合いのあるライナから見ても実力などは「よくわかんないっス」ということらしい。

そんなモングレルが、この前ライナと一緒に街の外に出て、サイクロプスと遭遇したのだという。

別に、付き合うなとは言わない。世話になったのはきっと本当だろうし、ブロンズ3とはいえギルドマンとして長いのだから、そこそこ誠実に仕事はこなせるのだと思う。

けど、迂闊《うかつ》なことをしていざという時にライナを守ってやれないのでは、こちらとしては困る。

私は〝アルテミス〟全員の命を預かるリーダーだ。新入りとはいえ、その仲間たるライナにつまらないことで怪我《けが》をさせたりしてほしくない。まして殺されたりだなんて想像もしたくない。

だから、モングレルを試そうと思ったのだ。

強ければ良し。けど、それだけではダメ。ライナと一緒にいるのであれば、人柄だって無視はできない。

ギルドに所属するのは粗野《そや》な貧民ばかりだ。もしモングレルがライナに悪い影響を与えるような男であれば、今後は一切近づかせないし、ライナからも関わらせないつもりだった。

……一日彼を見ていて、だいたいはわかった。

実力は、良し。というより、ブロンズ3とは思えない力と技量がある。

罠《わな》を見分ける眼《め》は、さすがに経験があるのか悪くない。道選びも歩き方も合格。

……ゴブリンと遭遇した時に撃った矢は、素人《しろうと》丸出しではあったけれど。その後の弓剣による接近戦は素早く、確実にゴブリンを仕留めていた。マヌケな一幕だったけれど、その道化じみた行為をカバーできる実力があってこその振る舞いだったのだろうと、私は思っている。

作業小屋で遭遇したならず者への対処も良かった。

彼の使うバスタードソードは中途半端な武装だけど、素早い攻撃は上手《うま》く相手の虚を突き、瞬時に無力化に成功している。

よほど身体強化が優れているのだろう。剣で大鉈《おおなた》を弾いた瞬間は、まるで枝でも飛ばすような軽やかさだった。

いたずらに命を奪わないのも、悪くない。捕縛を試みるのは後衛に危険を及ぼしかねない行為ではあるけれど、いざという時はそれを巻き返せるだけの実力があるが故の試みだったはず。多分、ただ甘いだけの男ではないのだ。

力はある。多分、悪人ではない。……うん、ライナと付き合わせても問題ない男ね。安心したわ。

まあ……もし今日の野営で誰かに手出しするようなら、問答無用で殺すけど。

「変なとこはあるけど、良い人そーじゃない？　良かったね、シーナ団長」

「ええ。けど、一番安心してるのは貴方《あなた》じゃない？　ウルリカ」

「……えへへ。まぁ、ライナに何かあったらって思ったらねぇー？　そりゃ心配しちゃうじゃん？」

「随分とモングレルにベタベタするから、何かと思ったわよ。ちょっと探り方がわざとらしいんじゃなくて？」

「そ、そうかな？　さりげなーくやったつもりなんだけどなー……」

ウルリカは歳《とし》の近い後輩ということもあって、特にライナを大事に思っている。

あとはまあ、そんなライナの元お師匠様ってこともあって、モングレルに対抗意識でも燃やしているのかもしれないわね。

でもウルリカも、今日でモングレルに対する蟠《わだかま》りなんかは溶けたんじゃないかしら。

元々、人を嫌いになったり警戒したりできるタイプじゃないものね。まして、それが人柄の良い相手なら……。

# 第十八話　隠していない力の一端

「モングレル先輩、新しい肉焼けたっス」

「おお、わざわざ持ってきてくれたのか。悪いなライナ」

「そ……それは俺たちの捌《さば》いた肉……！」

俺たちがボアの肉にありつこうとしていると、縛られている男たちが哀れみを誘う目でこちらを見つめていた。

「ん？　食うか？　まあ今日が最後のまともなジビエ料理になるかもしれないからな。肉も悪くしちゃあれだし、食わせてやってもいいぞ。……ちゃんと今日のことを言葉に出して反省するならなぁ!?」

「く、くそぉ……！　食わせてくれ！　反省するから！」

「あれぇそんなに反省してない感じかなぁ……？」

「反省してますぅ！」

……いや、どうなのかしらアレ。人柄、良いのかな……。

……酒場で話すことも多かったけど、いまいち掴《つか》みどころのない男なのよね、モングレル。

「部屋に水桶《みずおけ》を用意した。寝る前に清めておくといい」

「あら、気が利くわねナスターシャ」

「今日は一切戦闘に参加していなかったからな。水魔法の有効活用くらいはさせてもらおう」

彼女はナスターシャ。

〝アルテミス〟加入の頃から一緒にいる、凄腕《すごうで》の水魔法使い。

王都から飛び出した私に、今日まで長く付き合ってくれている頼れる相棒。彼女もまた、ライナのために今回の任務についてきた一人だ。

「シーナ。お前の眼には適《かな》ったか」

「ん、まあね。変人なのは変わらないけど、良いんじゃない。悪人じゃなくてほっとしたわ。ナスターシャはどう？」

「面白い男だな」

「……面白い？」

意外だ。冷淡な彼女にしては随分と買っているようだけど。何故《なぜ》？　どこが？

「さっきあの男、モングレルといったか。奴がバスタードソードを使って、ゴリリアーナの薪割《まきわ》りを手伝っていた」

「ああそうね。働いてくれるのはありがたいと思うけど……」

「奴の剣を観察してみると、面白いことがわかった。何だと思う」

ナスターシャは鋭い目を細めて、楽しそうに笑っている。

学術的興味ばかり追い求める彼女の笑みだ。……剣に何かある？　それがナスターシャの気を惹《ひ》いたとなると。

「まさかあのバスタードソード、魔剣の類いだったり」

# 第十八話　隠していない力の一端

「いいや。あの剣そのものはただの数打《かずう》ち品だろう。おそらくロングソードの作り損ないといったところか。面白いところは他にある」

予想以上に酷《ひど》い得物だった。それだけでも十分に面白くはあるんだけど……？

「モングレルは一撃で大鉈を弾いてみせたな」

「ええ、そうね」

「あの時の大鉈を検分してみた。すると、刃の部分に深い切れ込みが刻まれていた。指一本分ほどの深い跡がな」

「……それは」

凄まじい切れ味。そして威力だ。一発で軽々と吹き飛ばしたのにも頷《うなず》ける。

「対してどうだ。モングレルのバスタードソードには、大鉈と打ち合ったはずの刃に少しの傷もできていなかった」

「！」

「面白いだろう。身体強化は魔力によって肉体の頑強さと運動能力を高める原始的な技術だし、使い手も比較的多く存在するが……その強化を武器にまで延長できる者となると、稀有《けう》だ。魔剣でもなんでもない、魔力伝導率の低いただの鋼《はがね》の数打ち品に、大鉈に少しも負けないだけの強化を施せる……。奴の身体強化そのものにも目を瞠《みは》るものはあるが、武具への伝達も凄まじい。シーナ、奴のランクはいくつだ？」

「ブロンズ、3……とは思えないわね」

「審査の厳しい王都のギルドであっても、その域の者にはゴールドが与えられるものだ」

強いとは思っていた。ソロで難しい任務もこなすし、日頃から余裕があるとも感じていたが……。

余裕の理由はそれか。

「おそらく、身体能力系のギフトの持ち主《もぬし》なのかもしれんな。種類は違えど……私やお前と同じように」

「……！」

ギフト。スキルと同じく、あるいはそれ以上の奇跡として得られる超常の力。

強化系のギフト持ちはそのほとんどが国から召し上げられるか、在野においてもギルドマンのトップクラスとして君臨できるような、戦闘系において最上の素質だ。

……力を隠しているのは、そういうこと？

目立って、ギフト持ちであることを知られたくない……なるほど、そう考えればブロンズに固執する理由としては妥当か。

力ある者が上にいけばいくほど、危険な任務は増えるものだから。

「私は面白いものを見れて満足した。モングレルをどう扱うかは、シーナ。お前の好きにすると良い」

「……悩むところね。一度断られてはいるけれど、そうなるともう少ししつこく勧誘する価値もあるか……？」

# 第十八話　隠していない力の一端

「個人的な意見を言わせてもらうなら、まあ、悪くはないな。うちには既に男《ウルリカ》もいるし、ライナが懐く相手ならば問題もなかろう。私はシーナの方針に従うさ」

そう言って、ナスターシャはゴリリアーナの下へと歩いていった。

彼女の桶にも水を補充しに行くのだろう。

……モングレル。モングレル、か。

強化系ギフト持ち……よそに取られるくらいなら、うちで抱え込むのもありかしら……？

「おい見てみライナ、ウルリカ。こうしてクレイジーボアの脂身《あぶらみ》から獣脂《じゅうし》を取り出して食い物に流し込んで固めるとな、滅茶苦茶《めちゃくちゃ》不味《まず》くてくっせぇ保存食ができるんだ」

「うわ、くっさ！　あはは、まずそー！」

「うへぇ。わざわざ保存食にしなくたって、普通に新鮮なお肉獲《と》って食べれば良いじゃないスか……」

「肉を簡単に獲れる狩人の意見だな……」

「てかボアの脂は蠟燭《ろうそく》にした方が良っスよ。自分たちで使えるし、数作ればいい値段で売れるっス」

「……確かに……」

「変なのー！　保存食だったら干し肉で良いのにー！」

……まぁ、入ったら入ったで楽しそうだし、前向きに考えて見ても良いかもしれないわね。

断られそうな気もするけれど、気長に誘っていけば心変わりすることもあるかもしれないし。

# 第十九話　安い酒場のお疲れ様会

ちょっとした捕り物はあったが、なんとか無事に任務は終わった。

作業小屋で一晩寝たら、翌日明るくなってすぐにレゴールへ。

帰りの道中は捕まえた三人組を歩かせる手間も生まれたものの、五体満足の健脚な男たちは渋ることなく帰り道に同行してくれた。心も折れているのだろう。あるいは後ろを歩くゴリリアーナさんが怖かったのかもしれない。俺も怖い。

また、帰り道では木の上に留まっていたマルッコ鳩《ばと》を、シーナが素晴らしい弓の腕前で仕留めていた。

喉から脳天を貫くように命中した弓矢の一撃は、まさに継矢《つぎや》の二つ名に相応《ふさわ》しい絶技。

俺も何十年か練習すればあのくらいになるんだろうか。無理だな。何十年もやりたくない。

自動車学校の合宿くらいの長さでもめんどくさい。

「モングレル、この鳥肉をあげるわ。お礼というわけじゃないけれど、試したお詫《わ》びとでも思って受け取って頂戴」

そんで俺はマルッコ鳩の鳥肉をゲットしたわけだ。

ギルドの報酬の他に臨時収入である。俺はこういうものを必ず受け取るようにしている。食えるものは正義だからだ。

「シーナ、また何かあれば俺を呼んでくれよな」

「……調子が良いと言ってやりたいとこだけど、逆に安いわよ貴方《あなた》」

綺麗《きれい》に獲物を取れる狩人《かりうど》と水魔法で清潔さを保てる魔法使いがいるんだぜ。正直一緒に過ごしてて快適だなって思いました。

特にナスターシャの水魔法は正義だ。衛生用水最高。

「んー、だったらモングレル先輩。ウチらのパーティー入ったらどうスか。〝アルテミス〟、良いとこスよ」

「あ、それは遠慮しとくわ」

「なんでっスか⁉」

「ひどーい」

「そりゃもう一人の気楽さに勝るものはないからな」

「もー、なんなんスかそれー……」

だってほらお前。

ケイオス卿《きょう》用の素材アイテム集めとか、誰も見てないところでチート使って楽する任務とか、色々あるじゃん。

それを考えたら無理よ無理。

# 【第十九話　安い酒場のお疲れ様会】

これで釣りに連れて行っても良くなったんだし、それで勘弁してくれよな、ライナ。

ならず者三人組の引き渡しはすぐに済んだ。

証拠も本人の自供《じきょう》もあればそう長引くものではない。懸念として土壇場《どたんば》で「いや俺たち密猟なんかやってないです」とかゴネられたら無駄に時間を使うところだったが、それもなく済んだらしい。

三人組は本当に反省しているのかどうかはわからないが、ひとまずまだ誠意を見せることで心証を良くしておくつもりのようだ。犯罪奴隷になってもそのまま真面目《まじめ》にやっていてくれ。別に娑婆《しゃば》に出たお前らと再会したいわけではないけどな。

レゴールに戻ってきた時には夜だったので、報告の後は〝アルテミス〟ともすぐに解散した。

二日にわたって森を歩き通したので、体力も限界でクタクタ……。

なんてことはなく、俺は任務の達成を一人で労《ねぎら》うために「森《もり》の恵《めぐ》み亭《てい》」へと足を運んでいた。

「あー、やっぱエールよ。魔法の水も悪くないけど水分補給はエールに限るわ」

金を稼いで時間が夜。そうなったらもう飲むしかないじゃろがい！

いや猟師飯《りょうしめし》も山菜もいいよ？　新鮮な素材で作る手作り料理も悪くねえよ？

でもやっぱ自分で一切調理せずに、他人が作って出してくれるメシに勝るものはないいんだわ。

食いたいもの宣言してボーッと待ってれば望みのものが届く。これは豊かな人生に欠かせないシステムの一つだ。

自分好みの味付けの料理を否定するわけじゃないけどね。たまには……それなりの頻度で楽して飯を食いたいって気持ちもデカめに存在するわけよ、人間にはな。

「あっれー？　あはは、さっき別れた人がいるー」

「ん、おお。ウルリカ」

なんて飯を楽しんでいたら、隣の席にウルリカが座ってきた。

〝アルテミス〟の弓使いで、気安く話せる若い女……かと思いきや男。正直びっくりしたわ。こうして見ててもよくわからんものな。

まぁこの世界の人間、ハルペリア人もサングレール人も美形多いから余計にってとこもあるんだが。

「もー、せっかくなら〝アルテミス〟の打ち上げに来れば良かったのに」

「女だらけのとこって疲れない？」

「疲れないよ！　みんな凄《すご》く良い人だもん。店員さーん！　エールとウサギ肉のスープ、あと塩炒り豆くださーい！」

「はいよー」

「そうかぁ。まぁ仲間意識は強そうだよな。ライナも大事にされてるみたいで、俺は安心したよ」

「……優しい人なんだね、モングレルさんは」

何その目。その慈愛の籠もった目。

言っておくけどその流し目が許されるのは女の子だけだから。

「ウルリカも、ライナのことよろしく頼むな。まぁ今更だろうが、今後ともってやつだ。あいつもまだまだ都会には慣れてないだろうし」

「うん、機会があれば王都行きの任務にも連れて行くつもりー。〝アルテミス〟期待の新人だもん、大事に大事にしてあげるよ」

「そりゃ良かった。……あ、塩炒り豆ちょっともらって良い？」

「えー？　しょうがないなぁ……良いよ」

「ありがてえ。このウサギ串肉わけてやるよ」

「本当？　ありがと」

今日の森の恵み亭はウサギ肉の日って感じだったんだが、やっぱウサギはイマイチだな。肉っぽさにおいてはなかなかそれらしい満足感はあるんだが、どうも酒が進むタイプの肉じゃなくて困る。マレットラビットならもうちょい美味《うま》いんだが。

「んー……お高いお店もいいけど、やっぱりこういうとこも良いなぁー……安いし、結構美味しいし」

「そういやこの店〝アルテミス〟はそんな来ないよな。他の連中は結構来るんだが」

「うん。シーナさんとナスターシャさんが他の違う店を贔屓《ひいき》にしててねー。ここはテーブル席が小さいし、狭いし」

「あの二人の贔屓か……高そうな店なんだろうなぁ」

「あはは、まあ少しはね。私も好きなお店なんだけど……ここはここで好き」

「男の味覚ってのはそんなものだからな」

「えー？　関係あるかなぁー」

ありますよ多少は。この店の味付けはシンプルでガッてくるやつばかりだしな。

そういう意味じゃウルリカ、やっぱお前も男なわけだよ。

「……モングレルさんは私のこと、あまり聞かないよね」

「ん？」

「ほら、こういう格好とか、話し方とかさ」

ああそれね。まあね。

「そっちが話す分にはそれを聞くようにしてやるよ。俺からは無理に聞かない。別に不便もないからな。ウルリカの気が向いた時にでも、そういう話をすりゃいいさ」

いや俺も偏見があるかないかでいうと、完璧にないってことはないよ。

けどこっちは配慮の意識の強い世界で生きてたからな。無関心でもその辺りの意識というか気遣いみたいなのは、一応育《はぐく》まれていたのかもしれん。

そんな時代で生きてたらね、「オカマだぁー！　うぇー！」とか〇点のリアクションは取りませんよ。

偏見を出さないようにしてるってだけで、違和感はあるけどな。

「そっか、嬉《うれ》しいな」

「なぁウルリカ」

「ん、なんです？」

俺は酒で少しだけ微睡《まどろ》んだウルリカの目を見た。

「もうちょい塩炒り豆もらってもいいすかね」

「……さすがにもう自分で頼みなよぉー！」

「いや新しい一皿って感じの……欲しさじゃねえんだよな今これ。確実に食いたくはあるんだけど、フルではちょっとみたいな？」

「すいませぇーん！　塩炒り豆とエールふたっつくださーい！　……ほら、新しいの注文したからっ。それ一緒に食べよ？」

「ありがてえ」

「まったくもうー」

注文すら人にやってもらうこの怠惰よ……たまんねえな。

その日、俺はウルリカと一緒に男が好む味付けのつまみを味わいながら、遅くなるまで飲み続けた。

# 第二十話　ギルドマンの潮時



ある日、俺がいつものようにきまぐれに都市清掃任務をやっている時のことだった。

「ようモングレル。今日も掃除してるのかー」

「ん、ああバルガー久しぶり……ってなんだその格好、すげえな」

バルガーに声をかけられたのでそっちに目をやってみると、そこには歴戦の勇者もかくやというレベルで傷だらけの鎧《よろい》を着たバルガーが立っていた。

どうやら任務帰りのようで、背中には大きな荷物を背負っている。そして手に持った短い槍《やり》は無惨なまでに折れていた。

「どうしたんだよ。アンデッドになって蘇《よみがえ》った？」

「生きてるから。いや正直なんで生きてるのか不思議なくらいだったんだけどな。ほら盾《たて》もこうだ」

「ひぇー」

何故《なぜ》か自慢げに見せてもらった鉄製の小盾《こだて》も、一体なんでついたのやら、凹《くぼ》みや傷でいっぱいだった。中には貫通寸前まで抉《えぐ》れた穴もある。人の身体で受けていたら間違いなく重傷を負うか死ぬレベルの傷跡だ。

「〝収穫《しゅうかく》の剣《けん》〟での護衛任務のついでに、遠征先で二次調査の依頼をこなしてた時にな。国境付近の森まで行って違法伐採の調査ってやつ受けたんだが、これがまぁとんだハズレでよ」

「違法伐採、盗伐ってやつか」

「そうだ。国境ギリギリで儲《もう》けようとしてるアホな山賊でもいるのかと思ったんだが、居たのがハーベストマンティスでよ」

「うわぁ」

　ハーベストマンティス。

　それは全長四メートル近くあるカマキリ型の魔物であり、ハルペリア王国とサングレール聖王国の国境付近の森に生息するクソ強害虫である。

　そこらの業物よりも切れ味の良い大鎌《おおがま》は草木をサクサクと、それこそ収穫でもするかのように両断するし、顎は軟弱な鉄鎧くらいならバリバリと砕いてしまうとかなんとか。

　背中に備わった翅《はね》では空を飛べないらしいが、その鋭い翅による素早い羽ばたきはそれだけで周囲のものを切り刻む。

　なるほど、盾や鎧にある無数の傷はそれか。

「どうにか十人で囲んで、倒しはしたが……仲間の二人が死んだよ」

「二人!?」

俺は心底驚いた。

「よく二人だけで済んだな!?」

「だろう？　長期戦にもつれ込まずに済んで助かった。命懸《いのちが》けで腹に飛び込んで斬りかかったあいつがいなきゃ、半壊はしてたかもなぁ。あ、死んだのはモングレルもあまり知らない奴《やつ》だぞ」

「そうだったか……」

ハーベストマンティスは凶悪な魔物だ。避けづらい大鎌攻撃や厄介《やっかい》な翅の羽ばたき。ぐるんぐるん向きが変わるせいで隙を見せない頭部。

ゴールドが複数人で挑むような相手だ。はっきり言って、いるとわかっていれば近寄らず、放置するような危険生物である。

それを犠牲二人だけで……あの〝収穫の剣〟がねぇ……。

「向こうのギルド支部からは違約金をたんまり貰《もら》ったよ。死亡補償も一番手厚いのがついたしな」

「そりゃそうだ。山賊とハーベストマンティスじゃとんでもない違いだ。存分にふんだくってやれば良い」

「一次調査を請け負ったパーティーにもでかいペナルティが下るそうだ。そんなことで死んだ二人が浮かばれるとも思えんがね」

バルガーもギルドマンとして長くやっている。今回のような不幸な事故も決して一度や二度ではないだろう。

それでも長く付き合ってきた仲間が死ぬのは堪《こた》えるらしい。当然だけどな。

「……この短槍《たんそう》も最後の買い替えになるかもなぁ」

折れた柄の荒々しい断面を眺め見ながら、バルガーは物思いに耽《ふけ》るように呟《つぶや》いた。

「なんだ、ギルドマン辞めるのか」

「そりゃ俺も良い歳《とし》だからな、不思議でもないだろ。今回のでわかったよ。いざという時、若い頃のようには動けないってな。まぁさすがにいきなり辞めるってことはないし、もうちょい続けはするが」

「……引退ねぇ」

「大怪我《おおけが》してから引退しても、職探しが面倒だろ」

「それはそうだな。……〝レゴール警備部隊〟に移籍するって手もあるぜ、バルガー。あそこの警備の仕事なら無理も少ないだろ」

「んー、それも考えないではないんだけどなぁ。いや、良い所だぜ？　そりゃわかるんだけどな。やっぱり俺も〝収穫の剣〟への愛着ってもんがあるからよ」

「そっか」

愛着か。それはまぁ、大事だよな。

「ま、今日だけで考えることでもねえわ。またなモングレル。俺はしばらく忙しいから、多分何日かは酒場に寄れん」

# 第二十話　ギルドマンの潮時

「そいつは残念だ。まあ、またいつでも声かけてくれ」

そうしてバルガーは去っていった。

ボロボロの小盾を荷物の上で揺らす彼の後ろ姿は、かつて俺が兄貴分として仰いでいた頃よりも、やっぱりこう、歳はとるんだなと感じさせるものだった。

栄枯盛衰。盛者必衰《しょうじゃひっすい》。

地味にほそぼそとやっていたバルガーだったが、それでも老いには勝てない。

顔は結構若々しいタイプだと思うんだが、あいつも四十すぎだ。若いメンバーについていくのも、そろそろしんどくなってもおかしくないだろう。

うーん、知ってる顔が引退を仄めかしてくるのはなんとなく心にくるな……。

俺自身、無関係とは言えないし。バルガーの姿はある意味、俺の将来の姿にそっくりなわけで。

引退後は何すんべか。

やっぱ喫茶店のマスターが良いな。グラスとかカップとかを乾拭《からぶ》きしてるだけのマスターだ。

料理とか配膳とか会計とか、そういう面倒な仕事は誰かを雇ってやらせよう。

そのためにはまずコーヒー豆をどこからか発見して入手しなければならないという、高すぎてむしろ不可能に近い壁もあったりするが、それも数十年くらい探してればなんとかなるだろ、多分。

……想像してたらやりたくなってきたな、喫茶店のマスター。

引退後とは言わず今すぐ店を開きてえ。昼に喫茶で夜にバーやってる店のマスターやりてえよ俺。

ああでもダメだ。やっぱりまだ今はメシを楽しむ年齢だな。

ドロップアウトするのは最低でも脂《あぶら》っこいメシを身体が受け付けなくなってからにしよう。それまでは今の生活を続けていた方が得に違いない。俺は人生に詳しいんだ。

「さて、明日も頑張るか」

俺は自分の宿の前の通りだけは数倍丁寧に掃除して、今回の都市清掃任務を終えた。

そして翌朝。ギルドに行ってみると、やけにテンションの高いバルガーと遭遇した。

「おい見ろよモングレル。これこれ、俺の新装備。アストワ鉄鋼の穂先なんだぜ」

「……もっとお通夜みたいな顔してていいだろ。なんであんなにウキウキしてるんだ、あいつ」

「バルガーさん、昨日武器屋に入荷したばかりの高級な短槍と小盾を買ったみたいですよ。それで浮かれてるらしいんですが……」

近くにいたアレックスが言うには、でかい買い物だったらしい。

アストワ鉄鋼といえばサングレールの鋼《はがね》よりもずっと良いって評判だもんな。

「それにこっちの小盾もどうだ。なかなか良い紋様してるだろ。こいつは真ん中で受ければサングレールのモーニングスターですら弾《はじ》けるんだってよ！」

笑顔の煌《きら》めきがもう小学生のそれなんだよな。

ていうかサングレールのモーニングスターはさすがに無理だろ。

「バルガー、お前楽しそうだけど、そんな装備良いのか？　次に買う装備で最後にするって言ってただろ。アストワ鉄鋼ってすげえ頑丈って聞くけど」

「らしいな！　俺も初めて使うから楽しみだ！　いや違約金で懐《ふところ》が温まってるところにこいつらを見つけちゃったもんだからよ。つい手が伸びちゃって、な？」

「な？　っておま、当分引退できないぞそれ……」

「だなぁ？　はははは」

「はははははっておま」

「まぁこの質の良い装備があればあと十年くらいは現役やれんだろ！　まだまだ若い奴らには負けてられねえからな！」

いやこのおっさん本当に適当だ！　俺が言うのもなんだけど！

昨日ちょっとしんみりしてた俺のレアなシリアス成分を返してくれねえか？

「……まだまだ若い奴らには負けないって、典型的なおじいさんのセリフですよね……」

「ハッ⁉」

「アレックス、やめてやれ。真実は時に人を傷つける」

色々あったけど、バルガーは現役を続行するそうだ。

というか装備が良くなった分、前よりも活躍するかもしれない。良かった良かった。

……でも年寄りってそうやってずっと現役気分でいる時に調子に乗って大怪我するイメージあるから、やっぱり頃合いを見て引退してほしいわ……。

# 第二十一話　予期せぬ超大物

今日。俺の新兵器が誕生する。

話を聞いたのは昨日の昼間だ。

俺はギルドから請け負った新しい鏃《やじり》の鋳型《いがた》の配達途中だった。

そうして鋳型を鍛冶屋《かじや》に届けた時、店主のジョスランから聞いたんだ。

「モングレル。お前の注文、今日にでも仕上がる予定だ。明日なら受け渡しができるはずだぜ」

鍛冶屋の親父《おやじ》がただの酒飲みじゃなかったことを知った日だった。

結構前の注文だったから、完全に忘れられているかと思ったのに。まさかちゃんと作っていたとはな。

その日の俺はまっすぐ家に帰って全力で寝た。酒も飲まずに寝たのは何日ぶりだったろう。そんな事を考えないほどに次の日が待ち遠しかったのだ。

「ふぁあ……うおっ、モングレル⁉　今店開けるとこだぞ……はいはい、注文のやつな。わかってる。用意だけはしてあるからな」



BASTARD・SWORDS-MAN

そして今日。鍛冶屋に着いた俺は、例のブツを受け取った。

「全く……こんな部品、一体何に使うんだか」

「おお……流石《さすが》だ。磨いてあって滑りも良い……これならいける……！」

俺が鍛冶屋に注文した品。それは、鉄製のロッドガイドだった。

ロッドガイドというのはあれだ。釣《つ》り竿《ざお》についてる糸通す輪っかの部分。あの金具オンリーのやつな。

「釣りで使うんだったか、それ」

「ああ。俺の開発した最新式の釣り竿に必要なんだ。ありがとなジョスラン」

「構わねえよ。どうせそいつは俺ぁほとんど手をつけてねえ。鋳物から出した後は、ほとんどうちの娘が暇な時にやってたやつだからよ」

「なんだジョスランが作ったわけじゃないのか？」

「バカ言え。俺は装備しか打たねえんだ。そんなもんやってる暇あるかっ。そもそも細工師に頼めっ」

は――これだからロングソードしか作らない頑固オヤジは困る。

「いつかこのロッドガイドが釣り界隈《かいわい》で旋風を巻き起こすんだぜ。後で悔しがっても知らないぞ！」

「そういうことは巻き起こしてから言ってくれ。大口の注文がくりゃ、俺だって少しは考えてやる。まぁ、モングレルからそんな発明品が生まれるとは思えんがな。がっはっは」

# 第二十一話　予期せぬ超大物

「今に見てろよぉ」

軽口叩《たた》きながらも俺を外まで見送ってくれたジョスランは、ちょっと前に売り出された安全靴を履いている。

つま先を補強しただけの簡単な安全靴だが、ケイオス卿《きょう》が開発し広めて以来、様々な現場で使われ始めているらしい。

作業中の不幸な事故が減ったのであれば、きっと発明した奴《やつ》も喜んでいるだろうよ。

……防具にもなる作業用靴っていう世間の評価は、正直どうなんかなぁって気分だが。

「んで、それから二日かけて作った釣り竿がそれっスか」

「おうよ。本当はロッドを折り畳み式にしたかったんだけどな、強度的にそれは無理だった」

「折り畳んでどうするんスか……」

「邪魔にならないと思ってな。まぁそうまでするほどのもんじゃないと気づいて、諦めたんだが」

俺は今、ライナと一緒に川辺に向かって歩いている。

目指すはシルサリス橋の近く。前回と同じ、川エビが釣れたスポットだ。

今回の俺はロッドガイド付きの竿を持ってきた。

この金属製の輪っかがスルスルとスムーズに糸を導いてくれるわけよ。

糸はスカイフォレストスパイダーの縦糸。なんか滅茶苦茶《めちゃくちゃ》遠い国だか地域の……多分俺の見たこともない森に住んでる蜘蛛《くも》から採取できる長い糸らしい。

これがまた細い割になかなか頑丈なので、釣りにはもってこいだと思ったんだ。ギルドで取り寄せしてもらったら結構なお値段になったが、背に腹は代えられん。化学繊維が作れないならファンタジー素材に頼る他ないからな。

糸を巻いてあるリール――あのハンドルをジャカジャカ巻いて釣り上げるやつ――は、大経で一回転の距離が長いやつ。木材を削って作った俺のオリジナルだ。ベアリングもクソもない世界なのでしゃーない。俺のパワーで頑張って巻く。

ドラグ？　なにそれ知らない。ドラゴンの亜種かな？

「この前のエビなんてそんな複雑そうなのなくても釣れたっスよ？」

「ま、まぁな。いや俺も今回は釣るつもりで来てるぞ。……ただちょっとエビの時期が過ぎたかもしれないからな。そうなるとひょっとすると、今の場所にはもういないかもしれないんだ」

「はー……時期的なもんスか？」

「だな。まぁダメで元々でやってみようぜ。もしエビがかかりそうになかったら、こっちの俺の新しい竿で魚でも釣ろう」

「魚は何が釣れるんスかねぇ」

「それもわからん」

# 第二十一話　予期せぬ超大物

「わかんないことだらけじゃないっスか……」

　まぁ人生だいたいそんなもんよってな感じで、川辺に到着した。

　適当に岩を転がして底についた虫を拝借し、針につけてエビのいそうなところにポチャン。

「モングレル先輩、その先についてるのなんスか」

「これか？　これはルアーっていうか、まあ疑似餌《ぎじえ》だな。こっちの竿で使うんだ。こうやって……よっ」

　竿を振り、鉛入りルアーを遠くへ飛ばす。

　鉛製の錘《おもり》はこの釣り竿で唯一の純粋に釣り竿らしい完成度のアイテムだ。ここらへんで飛距離が出てくれないと困る。

「おー……」

　ライナはするすると伸びる糸を見て感心していたが、俺からしてみると糸の出はいまいちだ。やっぱりリールが悪いなこれは。ある程度糸を出してから投げないとまともに機能しなそうだ。

　ルアーは川の向こう岸近くに落ちた。ここからがルアー釣りの見どころよ。

　エビ釣りはひたすらに待ちが多いが、こっちの釣りは動き続けるからな。

「こうして糸を巻き取りながら、疑似餌を手前に戻していくんだ」

「へー。せっかく向こう側にやったのに、引いてきちゃうんスか」

「すると疑似餌がちゃんと泳いでいるように見えるだろ？　こうして不規則に巻いたり、竿を動かしたりすれば……結構小魚っぽい動きになるからな」

「おーなるほど」

一通り巻き取ると、ルアーは手元に戻ってきた。疑似餌を使った釣りでは餌の匂いなんかで獲物がつられないので、動きで食いつかせる必要があるわけだな。だから釣り竿を垂らしてぼやーっとする釣り方はできない。

「ま、これを繰り返していく感じだ」

「疑似餌が小魚の形してるってことは、狙ってるのはそれよりもデカい魚ってことスか？」

「そういうこと。針もそれ用のちょっと大きくて頑丈なのにしてあるぞ。まぁこんな浅い川には大した奴はいないかもしれないけどな」

「……」

「ライナもちょっとやってみるか」

「やるっス！」

俺の説明を聞いて面白そうに見えたらしい。何よりだ。

「これを、ここをこう糸を押さえてだな。竿をこうやって、こう」

「こ、こうスか。……ええと、こう持てば良いんスか。ちょっとわかんなかったっス」

「いや、握りはこうだな」

# 第二十一話　予期せぬ超大物

「っス」

リールが俺自身から見てもちょっとアレな代物なので、まぁ難しいわな。

一通り手でガイドして教えてやると、ライナもある程度わかったのかルアーを飛ばし始めた。

「おー、飛んだっス」

ナイスキャスト。と言っても通じないから黙っておく。

「で、巻くわけスか。あ、エビの竿の方も見といてほしいっス」

「おうもちろん。ってうわ、こっち引いてる引いてる！」

「まじスか！　取って取って！」

普通の延べ竿をしばらく待ってから慎重に引き上げてみると……。

「あれ、カニだわ」

「えー」

釣れたのは沢蟹《さわがに》をちょっとデカくしたようなカニだった。

本体は十センチメートルちょいあるかな。結構なサイズしてる。引きが強かったわけだわ。

「もうエビの季節は終わっちゃったんスかねぇ……」

「かもしれないな。カニは嫌いか？」

「いや好きっスよ。焼いて食べるのわりと好きなんで。けど今回もエビ食べたかったっス……」

言いながら、リールをガラガラ巻くライナ。

ジャカジャカじゃなくてガラガラって音が出る辺りで竿のクオリティは察していただきたい。

「前に〝アルテミス〟のみんなにエビ食べた時の話をしたんスよー」

「ほうほう、それでそれで」

「そしたら意外と食べたことない人もいて。シーナ先輩とかナスターシャ先輩はなんかでっかいの食べたことあるらしいんスけどね。で、食べたことないウルリカ先輩は食べてみたいなーって。だから今回釣ったやつとか、できればウルリカ先輩に食べさせてあげようかなーって思ってたんスけど」

いい子じゃん。そのまま真っすぐに育ってほしいわ。

「ま、これればかりは釣ってみないとわからないからな」

「っスねぇー……お？」

「ん？　どうした？」

「なんか重いような……あ、竿が先から曲がってる……⁉」

「お、おお⁉　きたか、ヒットしたのか⁉」

「まじスか！」

俺の新兵器の竿が、ぐいぐいと引かれて曲がっている。

「うわぁ先輩！　これめっちゃ重いっス！」

「竿は立てたままにしろ！ゆっくりゆっくり、糸を巻くようにして……！」

「あ、ちょ、先輩……！」

大物だとしたらライナの力では不安がある。

だから後ろからライナの手ごと、竿を持ってみたのだが……。

……んー、このドッシリとした安定感。とくに動くことのない、振動皆無の糸。

くぉれは……あれっすね……。

「根掛かりだな……」

「……あれ、もしかして私なんかやっちゃったっスか？」

やっちゃったと言えばやっちゃった。でも初心者にやるなっていう方が難しいことでもある。

まぁ、こういう時の言い換えでポジティブなものがあるとすれば……〝地球を釣り上げた〟ってことですな。

どう足掻《あが》いても無理そうだったのと、この川の中をざぶざぶ横切っていくのは無理がある。

ということで、はい。

「こういう時のためのバスタードソード！」

スパーンと糸を切って、リタイアです。ルアーの回収は川の水が減った時にどうにか形を残して見つかれば……つまり無理だな！

「うう、モングレル先輩……申し訳ないっス……」

「いやいや気にするな。疑似餌の釣りなんてこんなもんだからな。……いや、それにしてもそうか、根掛かりか。まぁ川も浅いし難しいよなこれ」

ルアーも糸も安くない。それがガンガン根掛かりするようだと……ちょっとゆるい趣味の一環としてやるには厳しいかもしれんなこれは。

……あれ？　だとするとこの新しい釣り竿は無駄か？

いやいや、まだ諦めるには早すぎる……。

「おっ！　ライナ、竿、エビのやつ引いてるぞ！」

「！　うっス！」

そうしてライナが竿を引き上げてみると……かかっていたのは先程と同じようなサイズのカニであった。

「……川エビ、もう引っ越しちゃったんスかねぇ」

「かもしれないなぁ」

ルアー釣りは地球を引っ掛けて早々に終わり、それからエビ釣りはエビが全くかかることなくカニだけがバンバン釣れるという結果になってしまった。

釣果はカニが二十三匹。俺もライナも滅茶苦茶釣れたものの、ライナはあまりカニがお好きでなかったようだ。この釣果を見てもあまりテンションが上がっていない。

……よし。せっかくだし、俺が最高のカニ料理を作って元気づけてやるとしよう！

ライナ、任せておけ！　お前の笑顔は俺が守るぜ！

まぁ泥抜きがあるから明日か明後日《あさって》になるんだけどな！

「じゃ、今日はこんな感じってことで」

「うぃーっス……」

「元気出せライナ。釣りなんてこんなもんだからな」

「申し訳ないっス……」

「気にすんなよ」

「いやーキツいっス……」

真面目で責任感がある分、こういう時の落ち込みっぷりがデカいんだろうな。

まぁあまり気にしすぎるなよ。おっさんは若いやつのこういう失敗に驚くほど寛容なもんだからな。

# 第二十二話　美味しそうなドブ

俺が拠点にしている宿屋は、スコルの宿という。もう何年もここの一室を使い続けているので、女将《おかみ》さんやその子供たちとはすっかり仲良しだ。

そこまで馴染《なじ》んでいると、宿の廊下にある程度荷物を放り出していてもなんとかなる。荷物。つまり大きな甕《かめ》、桶《おけ》、深皿、鍋……そういったものだ。使える容器はなんでも使い、数日かけてカニの泥抜きを行った。

その間の水の入れ替えが面倒なこと面倒なこと。魔力で強化できなきゃあまりやりたい作業ではない。近くに上水道が欲しい。

宿の廊下にも入れ物に入れたまま泥抜きしていたので、宿のまだ小さな末っ子の男の子はすっかりカニを気に入ったようだ。デカいけど愛嬌《あいきょう》はあるからな。

んで今朝それを持って行こうとしたら、「まさかそれを食べるつもり…？」みたいな目で見てきたので、やむなく一匹は置いてくことになった。しょうがねえ。ハサミに気を付けてじゃれててくれ。触ったらちゃんと手を洗うんだぞ。

「それで、このカニで料理を作るわけっスか」

# 第二十二話　美味しそうなドブ

「おう。待たせたなライナ」

「待ちすぎて任務一つ終わらせちゃったっス。カニ楽しみっス！」

ライナを元気付けるためのカニ料理だったが、数日も開けばメンタルもすっかり普通に回復しているらしかった。じゃあ俺は一体何のために……？

まあまあ、それはいい。ずっと落ち込みっぱなしよりは遥《はる》かにマシだしな。

今日俺たちが来たのは市場に近い屋台通り……から少し離れた屋外炊事場。

このだだっ広い場所には等間隔で屋外用のかまどが配置されている。薪《まき》さえ持ってくれば少ない利用料で使えるという便利な施設だ。

雨の日や風の強い日なんかは不便だが、市場に屋台を出してる人らはここで調理してから持っていく事が多い。共用の大きな水場もあるので、洗い物もできて楽だ。

よそのかまどにも既に何組か利用者がいて、屋台で売り出す大きなスープなんかを作っている。今日はあのスープの香りにも負けないくらいの料理を作ってやるぜ。

「あーそれと、モングレル先輩、これどうぞ」

「ん？　おおこれは……卵か！　へーどうしたんだこれ」

ライナから差し出されたのは、この世界ではなかなかお高い値段の卵だった。それも……個。

「昨日の任務の帰りに村の養鶏場で貰ったやつっス。この前の釣りの時のお詫《わ》びということで……」

「なんだなんだ、気にしなくてもいいって言ったじゃねえか」

「でもほら……やっぱあれっスから……」

「もー。素直に受け取ってあげれば良いじゃない、モングレルさん」

「お、ウルリカも来たのか」

水場の方から鍋を持ってウルリカがやってきた。

「あー、そうなんスよ。ウルリカ先輩もカニ料理を食べてみたいってことで」

「私はエビもカニも食べた事ないんだよね。料理作るの手伝うからさ、ご相伴《しょうばん》にあずかっても良いんでしょ？」

「まぁ構わねえよ。元々、ライナに誰か暇で来たい奴《やつ》がいれば連れて来ても良いとは言ってたしな」

サイズの中途半端なカニたちだが、それでも数が数だ。

こいつらを調理するとライナと二人で食べるにはちょっと多い。

「それにしても大荷物だねぇー。鍋とか色々……モングレルさん、そんなに道具持ってたんだ」

「モングレル先輩はなんでも持ってるっスからね。物を持ちすぎて宿の一室から抜け出せないでいるんスよ」

「あはは、引っ越し大変そう」

何でもは持ってないぞ。衝動買いした物だけ。

「さて、まずはこのカニたちを絞めていく。んでその後よーくカニを洗って蓋《ふた》を外す。三人いるし全員でやろう」

「っス」

「あのごめんねライナ、これどう持ったらいいの？」

「殻の横っちょを摑《つか》むと良いっスよ。こんな感じっス」

「へー。ありがと」

さすがは狩猟メインのパーティー、扱い慣れていない獲物でもやり始めると解体作業は手早い。

気持ち悪がるような事もなくトドメを刺し、綺麗《きれい》に洗い、殻を外している。

「エラと殻はこっちに入れてくれ。あとカニミソはこっちのボウルで取り分けてな」

「わざわざそんなことするんスか」

「あーこのビラビラしたやつ？　魚と似てるんだね」

「そうそう。まぁそれを取って、ああメスは卵持ってる事あるからそれも分ける感じで」

教えればすぐにやり方をマスターし、サクサク解体していく。というか、作業は俺より早いかもしれん。

いや俺もあんまり経験ないから仕方ないんだけどさ。負けてはいられねえ。

「てかモングレル先輩、今日これ何作るんスか」

「まぁまぁ。見てればわかる……ことはないだろうが、完成すればわかるさ……」

「見てわからない料理って不安だなぁー」

「っスねぇ」

いやこれマジで工程見てても不安にしかならないだろうからな。

今回は逆にそのリアクションを見て楽しみたいわけよ、俺が。

「さて、本日最大にしてほぼ工程の全てがこちら……どん」

「気にはなってたスけど、それ使うんスね」

「鋳鉄《ちゅうてつ》の大鍋……うわぁ、重そう」

本当は石臼《いしうす》とかが良かったんだが、ないからな。代用です。

「まずはこの鍋にカニを入れます」

「え？　まだちょっと蓋とか外しただけのそのまんまのやつっスけど」

「んでこれをすりこぎでドーン！　もういっちょドーン！　さらにドーン！」

「うわぁ⁉」

「これほんとに料理スか⁉」

「料理なんです。俺の元いた場所でも……やってる人はほとんどいなかったけど」

「だからなんでそんなあやふやなんスか！」

「森《もり》の恵《めぐ》み亭《てい》に渡して料理してもらった方が良かったんじゃない……？」

しかし構う事なくすりこぎでメキメキとカニを潰していく。普通のすりこぎよりも太くてご立派な特製だ。

そこに俺の力が合わされば殻も脚も鋏《はさみ》も全部纏《まと》めてミンチよ。

「嵩《かさ》が減ってきたらさらに入れて砕く！」

「うへぇー……力抜っスね。てか汚……」

「茶色い水たまりになってくねぇ……」

「ほれ、ライナとウルリカもやってみろよ。目一杯細かくするんだぞ」

「はぁい……まぁやるスけど……なんなんスかねこれ」

途中でミンチ役を交代しつつ、ガンガンとカニを搗《つ》き砕《くだ》いていく。

とはいえライナもウルリカも非力なようで、搗いてもあまり変わらない。なのでほとんど俺が砕くことになった。

殻も身も体液も全て混じり合ったカニのペースト。こうする事で最終的に出来上がるのが……。

「ドブっスね……」

「紛れもない完全なドブだね……」

ドブである。灰色と茶色が混じり合い、殻の破片が無数に浮いた生臭い液体。これはもうドブでしかない。いやドブではないんだがね？

「え、これ何かの闇魔法で使う奴だっけー……？」

「なんか料理とか言ってるスよ、モングレル先輩は」

「失礼な事ばかり仰《おつしや》るねお前らは。まだまだこれで終わりじゃないぞ」

次にこのドブを木製のザルで濾《こ》して、別の大鍋に移す。

するとで出来上がるものが、

「ゴミの少ないドブっスね……」

「まだまだドブだねぇー……」


うんそうだなまだお世辞にも料理とは言えんな、ドブだな。

いやドブじゃねえよ。だがまだまだこれからよ。ここからさらに荒布を使って濾していけば……。


「ゴミのないサラサラしたドブっスね」

「あはは、私そろそろ帰ろうかな？」

「待て待て待て、そろそろ！　そろそろだから！」


肝心なのはここからだ。

このドブ……じゃない、入念にペーストして異物を排除したカニスープを、今度は火にかけてゆく。

量が結構多いから薪の火力じゃ少し時間がかかるな。

それでも熱し続けていけば……。


「あ、なんか表面に浮いてきたよ？」

「ほんとっスね。ゴミっスか」

「ゴミじゃないっす。これをまだまだ煮込みます」

# 第二十二話　美味しそうなドブ

「……これアクっスかね」

「すっごい浮いてきたよ!?　取ったりしないやつなの？」

「良いんですこれで正しいんです」

「このままじゃめちゃくちゃ泡の出てるドブっスよ」

「ドブじゃないんですはい、ここで塩！　こいつを適量ドーン！」

鍋に塩を振《ふ》り撒《ま》いてやる。するとどうだ。

「お、おお？　おーっ！　なにこれなにこれ、固まってきた！」

「ドブもなんかちょっと透明になってきたっス！　モングレル先輩、これは一体……!?」

「俺にもよくわからん」

「わからないんスか!?　自分でやってて!?」

「世の中そういうこともあるんだ」

多分あれだろ、タンパク質がほら、塩でなんかして……そういうのだろ。

仮に理屈を俺が知っててても説明は難しそうだぞ。スルー決定だ。

「で、あとはカニミソと卵を交ぜたやつもよく加熱しつつ入れて……塩でいい感じに整えたら完成だな！」

「おおー……」

「ドブがなんか最終的に料理みたいになったっス！」

地方によって名前は変わるが、俺の知ってるこの料理の名前は〝かにこ汁〟だ。

カニをぐしゃぐしゃにして作るカニそのまんまの汁物。

本当は醤油《しょうゆ》とか味噌《みそ》とかあるといいんだが、ないものはしょうがねえ。カニミソでそれらしく整えればまぁ大丈夫だろ。

「はえー、スープなんスねえ……なんだか良い匂い！」

「こ、これは……なんだがお腹が減ってくる匂いだね！」

「さあ存分に啜《すす》るが良い。本当のカニ料理ってやつを教えてあげますよ」

三人分の深皿にスープとフワフワに固まったカニの塊的な何かをよそい、いざ実食。

むしゃぁ……。

……あーうめえ！　１００パーセントカニ！

最高だわ！　でも醤油欲しい！　味噌欲しい！

いやでも、塩だからこそ素材がそのまま上品に味わえて逆に良いな！　そう思うことにしよう！

「あー……良いっスねぇ……」

ライナはなんかおばあさんみたいにしみじみと悦に入っている。

「美味《おい》しい！　なんだろ、旨味《うまみ》……？　とにかくとっても美味しい！」

対するウルリカは味の良さに残念な語彙ではしゃいでいる。

そうじゃろそうじゃろ。うまいじゃろ。まだまだあるからたくさんお食べ……。

でもこれ冷めると不味《まず》いから温かいうちにな……。

# 第二十二話　美味しそうなドブ

「あっ⁉　モングレル先輩、いつのまにエールなんて飲んでるんスか！」

「えー！　ひどい！　そんなの持ってきてたなんて！」

「酒が欲しくなるだろう……だがこの酒は後片付けと洗い物を手伝う良い子ちゃんにしか分けてやれねぇなぁ……」

「いや最初からやるつもりだったっスよ、そんくらい！」

「子供扱いしないでよね！」

俺、無言でエールを献上。

「あーお酒に合うなぁ……」

「っスねぇ……カニを持ち込んだらお店でも……や、無理か」

「結構疲れる作業だしな。やってくれても金はかかるだろ。……ほれ、熱湯にしばらく浸けておいたからそろそろだ。温泉卵ができたぞ。これもスープの中に入れて食ってみ」

「え？　鶏の卵茹《ゆ》でてたんスか」

ちょっと少なめのスープの入ったお椀《わん》にちょいっと塩を足してから……卵をパカリ。

よし、丁度いい固さの温泉卵になってるな！

「おおっ、なにこれー。すごい中途半端に固まってる卵だぁー……え、これ食べて大丈夫？　お腹壊さない？」

「平気平気。飲んでみ」

「……美味しいっ！」

そうだろウルリカ。もらった卵が一瞬で全部消えちゃったけどまぁ良しだ。

「ほぉ……」

……なんかライナはさっきから食のリアクションは年取った人みたいだけど。

いやまぁ美味しそうに食べてるから良いけどね。俺は満足よ。

……こうやって若い連中にどんどんメシを提供してると、自分がすげえ歳《とし》を取ってるような気分になるのは気のせいか？

「いやー満腹っス……超美味かったっス」

「私も美味しかった！　モングレルさん、こんなに料理得意だなんて知らなかったなぁ。シーナさんは……あ、なんでもないけどっ」

シーナがなんだよ。料理下手なのか？　俺はまぁ食材さえあれば料理は……まぁできるっちゃできるぞ。

ホント食材とな……調味料がな……それだけなんとかしてほしい……それが全てではあるんだが……。

「これならエビじゃなくてカニ釣って食べるのもありっスね」

「あ、釣りで獲ったんだっけ。良いなぁー楽しそう。私もやってみたいなぁ」

旨いものに釣られてウルリカが掛かったわ。

「おう、釣り竿《つ　ざお》は人数分あるしできるだろうな。また今度、時期を見て釣りにでも行くか。

今度は針の引っかからない場所でルアー釣りをしたいもんだが……ああ、もちろん釣りに行く時は〝アルテミス〟の予定をちゃんと合わせてだけどな」

「楽しみー！　ライナも次行くときはもう少しおめかしして行こうね！」

「ええ……やー……まぁ、うっス」

そんなこんな、賑《にぎ》やかに全員で洗い物をしながら今日の料理は終わった。

かにこ汁。必要なものは塩程度なのでカニさえいればだいたいどこの国や文化でも作れそうな気もするが、どうなんだろうな。この異世界でも探せば似たような料理はある気がする。そう思うと、別に今回の料理は革新的でもなんでもないだろう。むしろ原始的だし。

いやーしかし、久々の温泉卵は美味かったな。

鶏も地鶏《じどり》だからなんとなく前世より美味かった気がするわ。気のせいかもしれんけど。

「うわぁああああ！　母《かあ》ちゃんが僕のカニさん殺したぁあああ！」

ちなみに宿に帰ってみると、子供たちにプレゼントしてやったカニはその日のうちに女将さんの手で茹で殺されたらしい。かわいそう。

でも子供はそうやって少しずつ強くなっていくんだぜ……。

# 第二十三話　伐採作業の警備

寒い季節が近づくにつれ、街は冬支度《ふゆじたく》を始めるようになる。

現代のように外気をキッチリ遮断した家屋に住んでいるわけでもなければ、機能の良い暖房器具が設置されているわけでもない。

ハルペリア王国の冬は、大量の薪《まき》と炭によって凌《しの》ぐものだった。

それはここレゴールでも同じ。

しかし近年の謎の好景気に沸くレゴールは移住者が殺到し、人口は急増。それによって建材として材木や薪の需要は右肩上がりに増している。

伐採関連の仕事がひっきりなしに続くのも、まぁ当然の事であった。

食料生産国で良かったわマジで。それだけは救いだ。

「チャージディア一体か。本当に伐採の音が嫌いなんだなお前ら」

バロアの森の外周部では林業関係者が総出で働いている。

材木、間伐材《かんばつざい》。今のレゴールではなんだって欲しいところだ。

これまで森林の縮小に及び腰だったレゴール伯爵《はくしゃく》も、今年はついにゴーサインを出し

# 【第二十三話　伐採作業の警備】

たらしい。

森の木はアホみたいに急成長しまくる種であるとはいえ、無計画に伐採してたら資源が尽きるからな。今までは森に一本道を拓《ひら》いて奥の方から間伐するなりして騙《だま》し騙しやっていたが、いよいよ運搬コストが響いてきたものと見える。

まぁ俺たち現場の人間からすれば、こうして外側からヒャッハーする方が楽でありがたいんだがね。

しかし、どんな場所で作業をしていようが魔物は現れる。

今俺の前、木立の向こう側で静かにこちらを見ているチャージディアが代表的なそれだ。

突進からの刺突に適した物騒な角を持つこのチャージディアは、縄張りの主張をするのに樹木の表面を突いたり引《ひ》っ掻《か》いたりして音を出すらしい。

人間の伐採は、チャージディアにとってまさに正面から喧嘩《けんか》を売るようなもの、なのだそうだ。わからんけど。

でも木材を伐採する程度でキレられても困るわ。シビアなファンタジー世界のエルフみたいな価値観してんなお前ら。

この世界のエルフはそんなことで怒らんぞ。

「おーら、この森を潰してゴルフ場にしてやろうかー？」

バスタードソードで近くの木の幹をバシバシ叩《たた》き、チャージディアを煽《あお》る。

勢子《せこ》ってやつに近い。普通ならこういうので逃げるのが野生動物ってものなんだが……。

「キュッ」

チャージディアは音を耳にするや、甲高い鳴き声をあげてこちらに駆けてきた。

煽り耐性が低すぎる。

「顔真《ま》っ赤《か》だぞ」

「!?」

俺の下っ腹目掛けて突っ込んできた角の先をバスタードソードで強引に弾く。

いやすげえ衝撃だ。結構力込めても軌道を少しずらすのがせいぜいだわ、こんなん。

だが、お陰でチャージディアの鋭利《えいり》な角は俺の隣にある樹木に深々と突き刺さった。もう二度と抜けないいねえ。

こうなるとチャージディアは無力だ。力があるので抜け出すことはできるが、それも一瞬ではない。

「お前がそこそこ強い魔物扱いされてるのが、俺にはちょっと意外だよ」

そんなことを呟《つぶや》きながら、チャージディアの喉を切り裂く。

一際甲高い悲鳴が森の中に響き渡った。

「おー、あんたチャージディアを仕留めたのか。ありがたい」

「お？　本当か兄ちゃん。助かるぜ。奴《やつ》らを見ていちいち逃げるのも面倒だしな」

「気にするな、俺の仕事だからよ」

俺はチャージディアを担いで作業現場まで戻ってきた。

# 第二十三話　伐採作業の警備

　ここはレゴールで使われる木材のために早朝から多くの男たちで賑《にぎ》わっている。

　チャージディアの解体は、森の中では血抜きといらない内臓を抜くだけに留めておいた。丁寧な解体は人が多くて道具も揃《そろ》ってるこの場でやってしまおうと思う。

「ああ、兄ちゃん。解体なら向こうのギルドマンの人たちがまとめてやってるよ。そこに持っていくと良い」

「お、てことは〝大地《だいち》の盾《たて》〟がやってるのか。そりゃよかった。ありがとう、おっさん」

「また何か来そうだったら呼ぶからなー」

　伐採音を聞きつけてチャージディアが積極的に襲いかかってくることもあり、この世界の林業は非常に危険を伴う。

　なので伐採する時はこうして一度に大量に、そして護衛役も大勢引き連れてやるのが通例だ。

　そして今回、ギルドから派遣されてきた護衛役の中心となっているのが〝大地の盾〟。

　近接戦に優れた王道パーティーだ。ベテランも多いので心強い。

〝大地の盾〟が集まる場所へ歩いていくと、そこには見知った顔が休憩していた。

　アレックスだ。

「ああモングレルさん。姿が見えないので何かあったのかと心配しましたよ。……って、チャージディアを仕留めたんですか。一人で？」

「ようアレックス。まぁ俺みたいなソロは好きに動けるからな。奥の方からやって来る連中を狩ってたんだよ」

酒場でよく話すアレックスもまた〝大地の盾〟のメンバーの一人だ。

俺が仕留めたチャージディアを切り株に下ろすと、アレックスは死体を検分し始めた。

「若い雄ですね」

「剣を恐れてなかった。経験不足の個体だな」

「傷は喉だけ、と。毛皮も売れそうで何よりです」

「軽くて運ぶのも楽だよな。そっちで解体やってるんだって？　肉分けてやるから頼んでもいいか？　やってくれたら前脚二本くれてやる」

「いいんですか？　それはとても助かりますが……解体だけでそこまで貰《もら》うのはちょっと」

「良いんだよ面倒だから。俺はレバーとハツと舌《タン》が食えれば満足だしな」

「肉は食べないんですね……」

「食うぜ？　でも飽きるから売っちゃう」

ジビエは好きなんだけどな、やっぱ連続で食うと飽きるのよ。

味付けも限られているし……その点内臓とか舌は飽きないな。無限に食える。

「それにまだしばらくはチャージディアが来るだろ。どうせ満腹になるなら、美味《うま》いとこだけ食いたいからな」

「背中の肉とかも悪くないと思いますよ？」

# 第二十三話　伐採作業の警備

「あー、まーなー」

「気のない返事ですねぇ……」

鹿は鹿でいいんだけどな。牛と比べちゃうのよどうしても。

「おーい、ゴブリン出たぞー、ホブもいるぞー」

なんてことを話していると、遠くの林から声が聞こえてきた。

仕事の合図だ。ホブってことはちょっとした数いるな。討ち漏らすわけにはいかん。誰かが怪我《けが》するってほどではないだろうが、加勢に行かないとまずいな。

「行きましょう」

「やれやれ、ゴブリン斬ったら剣を洗わなくちゃいけねえ」

「モングレルさんは結構気にしますよね、そういう所」

「俺はハルペリア一清潔感を気にする男だからな」

「変人だなぁ……」

「端的すぎて悪口でしかないぞ、それは」

おっとりした足並みで現場へ駆け付けると、既に〝大地の盾〟の先鋒《せんぽう》はゴブリンの小集団と戦っていた。

「ぜぇいッ！」

団員の一人が振るうロングソードが、棍棒《こんぼう》を振り回すゴブリンをリーチの外から一方的に叩き切った。

体格差、武器のリーチ差。ここまでサイズ感が露骨に出る戦いもそうはない。

ハルペリア王国におけるロングソードは、〝個人が無理なく携行できる可能な限り長い剣〟くらいの意味合いを持っている。

剣士と呼べる人間の最低限の素質は、多少であれ魔力による身体強化ができること。それによってロングソードを扱えることだ。ファンタジーパワーで底上げした肉体で振るうのだから、主兵装たる剣も当然、大型化する。

逆に、国中に跋扈《ばっこ》する大きな魔物を斬り伏せるためには、この長く頑丈なロングソードがなければ無理ゲーってところもあるのだが。

「一方的だなぁ。さすが〝大地の盾〟」

「そりゃあゴブリン相手に苦戦なんてしませんよ」

アレックスは苦笑いして言っているが、新入りギルドマンはこう順調にはいかない。盾で防いだり、どうにか頑張って避けてから隙を突いたり。戦闘中に何度も策を弄するもんだ。

長いリーチで外から一方的に殺す彼らの常識の方が、何歩も前に進んでいるのは間違いない。

「それじゃ、僕も仕事しないと」

「ああ」

アレックスもまた、ゴブリンの集団目掛けて走ってゆく。

普段の丁寧な物腰とは裏腹に、戦いになると急にキリッとして剣を振るうのだから面白いやつだ。

こういう場面こそ女に見てもらった方が良いんだが、〝大地の盾〟は男ばかりだからなぁ……。

「モングレルさん、そっち、足止めだけお願いします！」

なんてことを悠長に考えていると、討ち漏らしというか前方に逃げてきた個体がこちらに迫っていた。

ゴブリンが何故《なぜ》徒党を組んでやってきたのか。何故逃げるのにこっちに来るのか。それは考えてもわからないし、考えるだけ無駄だ。

こいつらの行動に関してはマジであまり考えない方がいい。深読みするだけ無駄だからな。

「ウハハハハハーッ！」

「!?」

俺は大声を上げ、バスタードソードをそこらの木の幹にガンガン当てながら威嚇《いかく》した。

気分は猿である。

人間が突然猿に豹変《ひょうへん》するとさすがのゴブリンもドン引きするのか、動きが一瞬止まる。

こいつらは難しい作戦とかは考えられないが、変な勢いには気圧《けお》されるからな。足止めにはわかりやすいハッタリが一番だ。

「なんですか今の声……」

呆《あき》れながら、アレックスは立ち止まったゴブリン二体の首を背後から刎《は》ねた。

「でかい猿のモノマネ」

「普通に剣で戦って足止めすればいいのに……」

「嫌だよ、剣が汚れるじゃん」

「どれだけ潔癖なんですか貴方《あなた》は」

俺は足止めだけ命じられた。だから足止めだけはした。

倒してしまっても構わんのだろう？　でも倒さなくていいなら倒さないんだ俺は。

「しかし毎年忙しい任務だな、これは」

「仕方ありませんよ。特に今年は木が足りないってどこも慌てていますから」

「薪が足りなくて凍死するなんて家も出るかねぇ」

「どうでしょうね……出てほしくはないですが、貧民区からは出るでしょうね……毎年のことですから」

ゴブリンの汚え鼻を削《そ》ぎながら、アレックスが言う。

いやー本当に汚いな。鼻水が糸引いてるじゃん。戦わなくてよかったわ。

「……」

「……アレックス、落ち着け」

鼻水が滴るゴブリンの鼻を持ち、アレックスが一歩俺に近づいてくる。

「足止めしてくださったのでゴブリンの部位一ついかがです？　ほらこれ」

「いいから。本当にいいから」

「まあまあ遠慮せずどうぞ、ほらほら」

「やめろ近づくな！　やめろーっ！」

良い歳《とし》したおっさんたちの馬鹿みたいな鬼ごっこは、近くにいた大地の盾の副団長の叱責によって終わることになった。

ありがとう副団長さん。

# 第二十四話　謎の発明家ケイオス卿

「へぇー、これが新商品？　新しいペン？　ただの陶器の棒に見えるけどな」

「ケイオス卿《きょう》が考案した最新のペン、その廉価版《れんかばん》だな。ペンの先端の捻《ねじ》れた溝にインクを溜《た》めて書くんだと。ギルドなんかでも使われているらしいが、見たことないのか？　まぁここにあるのでも書き味は悪くないが、良くもないってとこだな。高級品にもなると引っ掛かりもなくて随分重宝されてるみたいだぞ？」

「安物しか扱ってないユースタスの店じゃあ廉価版が限界ってことか？」

「失礼な奴《やつ》だなモングレル！　庶民の味方と言ってもらおう！　それに、この廉価版のガラスペンだって捨てたもんじゃないんだぞ？　今じゃギルドに何十本も卸してて、日に日に数が増えてるんだ。値段との兼ね合いで言えば世間に広まるのは間違いなくこっちになるだろうよ」

「ガラスじゃないのにガラスペンか」

今俺は街の雑貨屋に立ち寄っている。装備メンテナンス用の油を買いに立ち寄ったのだ。

そこでは店長のユースタス本人が珍しく店番をしていたので、買い物ついでに色々と新

BASTARD・SWORDS-MAN

# 第二十四話　謎の発明家ケイオス卿

商品を冷やかしていたわけ。

そんな時に目を引いたのが、このガラス……ガラス？　陶器ペンだった。

形状はガラスペンそっくりだが、素材が陶器のようなもので出来ている。

ガラスペン特有の捻れた溝がたくさんある筆先はそのままなので、多分似たような感じで書けるのだろう。見たところ焼成した後に上手《うま》く削って溝を作っているようだ。よく考えるわ。ここまでくると製造過程からして全く別物じゃないか。

名前もガラスペンじゃなくて陶器ペンに変えた方が相応《ふさわ》しいだろう。

「色ガラスなんて使ってるのはお貴族様向けの最高級品だけだが、名付けたのは発明者のケイオス卿だからな。文句ならケイオス卿を探し出して言ってくれ」

「謎の発明家ケイオス卿ねぇ」

ケイオス卿とは、何年も前から活動している匿名《とくめい》の発明家である。

これまでに幾つもの便利な道具を生み出しており、その種類は多岐にわたる。効率の良い農具、工具、事務用品に生活用品。家具など調度品のデザインまで手掛ける幅広い発明家だ。

生活に密接したアイデア商品をいくつも世に解き放っており、その庶民的な親しみやすさから人気が高いらしい。

ケイオス卿は発明家のくせに特許のようなものは一切取らず、発明品を工房や商会に丸投げすることで有名だ。

普通なら莫大《ばくだい》な富を築くであろう発明のアイデアを無欲にもタダで、匿名で各地にばら撒《ま》く変人発明家。それがケイオス卿なのだ。

ていうか俺です、ケイオス卿。

「前触れもなく新商品のアイデアを手紙で送りつける発明家。ケイオス卿のおかげで成り上がった商会も一つや二つじゃない。俺の店だってそうだしな。昔はもっと小さい店だったのが、今じゃ何人もの人を雇えるまでになった。ケイオス卿様々だよ」

「自分で店番してんのにな」

「今はちょうど遣いに行かせてるとこだ、ほっとけ。……五年も前はこの街の商会といえば、ハギアリ商会の一強だったんだがね。まさか貴族がバックについてたあの商会が落ちぶれるだなんて、当時は誰も想像してなかっただろう」

ハギアリ商会は数年前までこの街の流通に深く食い込んでいた大きな組織だった。

が、一強だったせいもありなかなかエグい独占が多く、アホみたいに値段の吊り上がった商品も少なくなかった。

そんな時にケイオス卿が現れ、他の店に新商品の種をばら撒いたものだからさあ大変。

ハギアリ商会の主力商品にバッティングするようなものが次々に生み出され、連中は瞬く間に凋落《ちょうらく》していきましたとさ。

……と、かるーく御伽噺《おとぎばなし》のように語ってはいるが、当時はかなり血生臭い事件も絶えなかった。

儲《もう》かる者と落ちぶれる者。大金が絡むとなれば、この世界ではものすごく簡単に人が血を流すし、ポンポン死んでいく。

ハギアリ商会が凋落するまでは、ヤクザの抗争よろしく血で血を洗う殺し合いも珍しくなかったくらいだ。

今こうして俺とのほほんと話してるユースタスも、そんな血生臭い抗争を生き抜いてきた逞《たくま》しい商人の一人である。

商売の世界ってのはこえーな。

……まぁ、俺は便利な道具が世に出回れば良いと思ってるから、争いに巻き込まれなくて楽なんだけどな。

匿名で手紙を送りつけて後は放置。ロイヤリティはないけど、リスクなしで便利な道具が勝手に開発されて、出回ればあとは一般庶民として買うだけだ。

異世界モノの小説では、主人公が開発から量産まで頑張ってることが多いけど、個人的にはそういう面倒な立場とかごめんだね。

商人と駆け引きしたりだとか、職人と擦《す》り合《あ》わせしたりだとか、儲かったら儲かったでトラブルに対処したりだとか……ああ、考えるだけで嫌になる。

だから最初から丸投げ。これが正義だ。

俺が儲けを手放す分開発も早いしね。世に出回ればこっちは買うだけで良い。

唯一の難点は経済が回りすぎて街に人が増えすぎてるってことくらいだな。路上のゴミが増えて不衛生だ。俺の仕事が増えちまう。やれやれ。

「ま、記念に一本買っておくかな。ユースタス、これ一つくれ」

「あいよ。なんだかんだ言って最後には買うんだからお前は良い客だよ、モングレル」

「ちょうど金も入ったとこだったしな。あ、そうだ。あとは刀剣用の整備油もつけてくれよ。俺はそっちを買いに来たんだ」

「あー良いけど、油が少し値上がりしたぞ」

「はぁ？　なんで」

「そろそろ冬ってのもあるし、ガラスペンのおかげでインクの需要が増してるからだな。ま、恨《うら》むならケイオス卿でも恨んでくれ」

「……やり場のない恨みだ。いいよ、割高でも買う」

「ははは、まいど」

発明家ケイオス卿。

その正体は誰もが追い求めているが、未《いま》だ謎に包まれている。

多くの人は彼を道楽好きな貴族かなんかだと考えているらしい。

こんな平凡なギルドマンだとは思ってもいないだろうな。

# 第二十五話　黙々と薪割り

BASTARD・SWORDS-MAN

寒い季節がやってくると、街中をゆく舐《な》めた格好した連中もいよいよもって「あ、そういや冬って寒かったな」と思い出してくる。

人の装《よそお》いはラフなものからようやく厚着に変わり、街のそこらじゅうで薪割《まきわ》りの音さえ聞こえてくるほどだ。

しかしレゴールもまぁ一応都会っちゃ都会なので、田舎《いなか》のように各家庭のどこにでもある切り株で薪割りなんてことはしない。

専門の薪を扱う業者から冬の分、必要量を仕入れる形を取っている。今年はちょっと薪の値段が上がってるかもしれん。

で、その専門の業者はっていうと、この時期になると、それはもうひたすら薪を量産する作業に追われるわけで。

大のこぎりで丸太を玉切りにし、玉切りにしたものに楔《くさび》をガッってやって大きなハンマーでガッってやって……。

そんな力仕事の連続だから、当然人手が足りなくなるというか体力が足りなくなる。

求められるのはパワー。つまり、身体強化が扱える荒くれ者たちの腕っぷしということだ。

つまり、ギルドマンの出番である。

「いやぁー薪割りの季節が来たなぁ！」

「お前だけだよモングレル、薪割りでそこまで楽しそうにする奴《やつ》は」

「男の子はみんな薪割りが大好きなんだよ」

「王都育ちならあるかもしれんがなぁ……モングレル、お前さんはそんな柄でもないだろ」

「クソ田舎出身《いなかしゅっしん》だぜ」

「だろうとは思ってたよ」

今、俺は東門近くの製材所にいる。ここは丸太の玉切りから角材作りまで、様々な加工を請け負っている広い工場だ。レゴールの木材のほとんどはまずここで作られていると言っても過言ではない。

そしてこの時期になると冬ごもりに備えた薪の大量生産でてんてこ舞いになる。

それを縁の下で支えるのが、今回の俺の仕事だった。

「しかし物好きだね。こんな仕事、ギルドじゃ儲《もう》けにもならんだろ。普通はガキばっか来るもんだが」

「あー、まぁその日暮らしがせいぜいだろうな」

# 第二十五話　黙々と薪割り

「重ね重ね、物好きなやつだ。まぁやるってんなら、こっちは金出してるんだ。しっかり働いてもらうがね。ま、終わったらいくつか薪の束くれてやるから、頑張りな」

「ありがてえ」

俺と話しているこの壮年の男は、トーマスさんという。

タバコを銜《くわ》えながら淡々と仕事をこなす、なかなか渋い人だ。もうこの道何十年もやってるのだろう。そういうこともあまり自分から話すタイプではない。

「ここにあるのは去年の玉だ。本当はもうちょっと水気を抜きたかったが、お上が切羽詰まってるようなんでな。今年は切っちまうことにした」

「木材不足らしいからな。しゃーない」

「道具はそこにあるものを使ってくれ。最初に割る時は楔とハンマーで……いや、お前には必要なかったか、モングレル」

「ああ。去年の見てるだろ？　こっち使わせてもらうぜ」

俺はボロい倉庫の壁に立て掛けてあった大斧《おおおの》を掴《つか》み、肩に担いだ。

グレートアックスっていうんかね。刃も分厚く、何より重い。使う人を滅茶苦茶《めちゃくちゃ》選ぶサイズの道具だが、俺はこういうちょっと頭悪い感じのアイテムが大好きだ。

「毎度、よく持てるもんだねぇ……俺じゃ腰やっちまうよ」

「現役ギルドマンを舐めるなよ、トーマスさん」

「現役で脂《あぶら》の乗ったギルドマンは、こんな仕事やらないんだがね。……まぁいい。俺は下をそこの切り株に置いていくから、モングレルはかち割ることに集中してくれるか」

トーマスさんはログピックを玉切りにされた木口に突き立て、切り株の上にドンと置いた。

こいつをほどよい太さに割っていけばオーケーだ。

バロア材は成長が早いくせに中身が詰まってて硬めだが、その分長く燃える良い薪になってくれる。

「トーマスさん、俺もヘマはしないがそっちも手ぇ気をつけなよ」

「わかってるさ」

魔力を込めて、斧を振り下ろす。

それだけでパッカーンと真っ二つに割れ、切り株から左右に落ちる。

「重ね直して今度は縦にいってみよう。お前なら一発でできるだろ」

「任せろ」

もう一度パッカーン。この大斧で一気に割る時の軽妙な音が良いんだよな。

前世では身体強化なんてできなかったから、こう楽々と木材相手に俺TUEEEできるのって楽しいわ本当。ゴブリンを相手にするよりよっぽど良い。

「よし次、どんどん置いてくれ」

「早いぞ、腰を労《いたわ》れんのか」

「トーマスさんも引退かー?」

# 【第二十五話　黙々と薪割り】

「バカ言え、やったるわい。ちょっと待っとれ」

「お？」

トーマスさんは腰をトントン叩《たた》きながら倉庫の中に入り、すぐに出てきた。

その手には……マジックアームの先にUFOキャッチャーのクレーンを取り付けたような機構の、一見すると玩具みたいな道具が握られている。

そして俺はその鉄製器具の名前を知っていた。

「なんだいトーマスさん、その……なに？」

「ふふ。見てもわからんだろ。俺もわからなかったしな。これはな、こうして、ほれ」

トーマスさんがクレーンの先を地面で横倒しになっている丸太に押し付けると、ハサミが開く。

そしてそれを持ち上げようとするだけで、丸太の重さによってクレーンの先が食い込み、スッと持ち上がった。

「おー」

やっているのはぐいっと押し付けてそのまま持ち上げるだけ。それを立ったままできるという道具だった。

しかし、驚きだ。設計図は送ったが、まさかこのレベルの鉄製器具も作れるとは。

「リフティングトングというらしい。最近流行《はや》りのケイオス卿《きょう》とやらがうちの森林組合に設計図を送ってきたそうだ」

「発明品ってことか。へー、それで一玉持てるのは便利そうだな」

「ああ。何より腰を曲げないで済む。こっちのログピックを使えば普段持てんようなものも運べるようになった。まぁ、これを作るのもなかなかバカにならん金がかかるそうだが、試しに一個作ってみたら、結局全員分作ることになったんだ」

「使《つか》い心地《ごこち》はそんなに良いのかい」

「現役が伸びるぞ」

トーマスさんはトングとピックを自在に操り、玉をドンと切り株に置いてみせた。

「冗談で言ってるわけじゃない。こいつがあれば腰を理由に職を失わずに済む」

「そんなにかよ」

「ああ。こいつのおかげで昔馴染《むかしなじ》みの仲間が二人、ここに復職した。……ケイオス卿とやらに礼の手紙の一つでも寄越してやりたいんだがね。誰に聞いても宛先がわからん」

「へぇー……復職か。それはすごいな……トーマスさん、俺がケイオス卿としてその思いの丈を聞いててやろうか？」

「ほざけ」

まぁ作業が楽になると思って送りつけた設計図ではあったんだが、そんなに効果覿面《こうかてきめん》だったか。

確かにこれがあればしゃがまなくても重い木材を運べる……なるほど。腰痛で引退ってのも多いのか。過酷な仕事だねぇ。

# 第二十五話　黙々と薪割り

「モングレル。俺はこのトングの使い方がここで一番上手《うま》いんだ。モタモタしてると、次々持ってきて溢《あふ》れさせちまうぞ？」

「おお？　言ったなトーマスさん。俺の真の斧さばきを見せてやるよ」

「そんな素人《しろうと》丸出しの脚の構え方で斧さばきもクソもあるか。脚は縦に広げず横に構えるもんだ」

「……こうか。よし、俺の真の斧さばきを見せてやるよ」

「めげねえなお前」

パカーン、パカーンと薪が気持ちよく割れる。

トーマスさんが手早く木を置いて、俺がそれをパカーンと両断する。

熱中すれば二人は次第に口数も減り、木の割れる音だけが響いていく。

少し遠くから風に乗り、膠《にかわ》を作るくっせぇ匂いが漂ってきた。

そういえば俺の預けてた毛皮のなめし作業もそろそろ終わる頃だったか。

この仕事が終わったら、毛皮が出来てるか顔を出してみようか。

暖炉《だんろ》に薪を焚《く》べて、火の前に敷いたチャージディアのラグマットでゴロンと寝そべれば、今年の冬の寒さも好きになれそうだ。

# 第二十六話　最強の種族

BASTARD・SWORDS-MAN

この世界には、心底恐れられている魔物がいる。

よくあるファンタジーで言えば、その手の種族は竜だとか、ヴァンパイアだとか。

まぁこの二つは少なくともハルペリアじゃ大したことないんだが、いるだけでやべーし害になるバケモノ、そんな奴《やつ》らは、まぁこの世界にもいる。

以前〝収穫《しゅうかく》の剣《けん》〟のメンバー二人を殺したハーベストマンティスなんかがそうだ。

ハルペリア王国とサングレール聖王国の国境にある森林地帯に生息し、空を飛べない代わりに、陸上での覇者となっている虫型の魔物だ。

どうにかして〝収穫の剣〟がこいつを討伐《とうばつ》した時はそれはもう驚いたな。

あのパーティーもハーベストマンティスの大鎌《おおがま》をトロフィーにしてクランハウスのロビーに飾っているそうだし、大金星だ。

というか剣で討伐した事例って何年ぶりになるんだろうな？　下手すると十年くらい遡《さかのぼ》るかもしれんぞ。そのレベルの金星だし、そのレベルの強敵なんだ。

正攻法は、ハーベストマンティスの堅牢《けんろう》な外殻を破壊できるモーニングスターなどの武器だろう。これもサングレール特有の、鉄を豊富に用いた重量刺突武器が発達した経緯と無縁じゃないだろうな。

　他に国境にいるのは、平野部のリュムケル湖に生息するアステロイドフォートレス。

　名前がなんかすげーSFっぽいが、これは大型のヒトデの魔物だ。

　その分厚く巨大な身体の上に水棲《すいせい》魔物のマーマンを乗せており、湖から陸上に進出しては地上の獲物を襲撃するという、いわば水中生物の地上拠点《きょてん》となる魔物だ。

　身体の底にびっしり生える触手がうねうねと蠢《うごめ》いて身体を前進させ、上にいるマーマンたちが槍《やり》や魔法で攻撃を仕掛けてくる。マーマンも身体そのものは人間より小さいが、その統率力は見事なものだ。

　なにより厄介《やっかい》なのはアステロイドフォートレスの扱う水魔法。奴は自分の使った魔法を体内で発現させ、その身体を何倍にも膨らませ、文字通り巨大な〝砦《とりで》〟と成してしまう。

　急成長した砦の上から攻撃をしかけるマーマンは更に厄介さを増し、アステロイドフォートレス自身も水魔法で遠距離攻撃という無理ゲーを仕掛けてくる。

　だがこいつの弱点は斬撃、ハルペリアお得意のロングソードやハルバードによる深い切り傷だ。それこそがアステロイドフォートレスの膨張した身体を攻略する最短ルートだと言えよう。

　まぁ湖の底にはこいつが無数にいるらしいので、根絶は無理なんだそうだが。

　身近な場所だけでもそんな魔物がこの世界にはいる。あとはレゴールにとって縁の遠いところで、ドラゴンとかジャイアントゴーレムとかそういうやつらだな。

ただそこらへんになるとわざわざレゴールの支部から狩りに出ることはないだろう。どちらも主《おも》にサングレールに生息する魔物だし、遠征に遠征を重ねない限り遭うことはないはずだ。

それでも、恐ろしい敵は身近にいる。

レゴールにおける最も身近で恐ろしいやつといえば、皆口を揃《そろ》えて一つの種族名を挙げるだろう。

それが、貴族だ。

「ここがギルド、レゴール支部であるな?」

一人の女がギルドに入ってきた。

冷え込みも強まり、仕事に出かけるギルドマンも減ってきた頃のことだ。

この頃になると、冬ごもり直前に家を追われる可愛《かわい》そうな田舎者《いなかもの》もいないことはないが、今ここにいる女はそれにしたって身なりが良かった。いや、良すぎた。

濡《ぬ》れたような癖のない長い黒髪。青い目。傷一つない、あったとしてもそれがわからないほど磨き上げられた高価そうな鎧《よろい》。そして鍛冶屋《かじや》の非売品としても置いてなさそうな、高級感ありまくりのロングソード。

「私の名は……ブリジットである。旅の最中に立ち寄った剣士である。ギルドマンの登録とやらは、ここで良いのだな? 登録を頼む」

# 【第二十六話　最強の種族】

完全に貴族です。本当にありがとうございました。

「えー……ブリジットさんですね？　……姓はありますか？」

「庶民は姓を持たぬ。常識であろう」

「……はい、それではブリジットさんで……専門は剣士でよろしいですか？」

「いかにも。流派は言えぬが」

「流派、あっ、はい」

珍しく動揺が言葉の端々に見えるミレーヌさんを眺めつつ、俺は席を立った。

テーブルの上にはリバーシ。向かい側の席にはジト目でこっちを見るライナが座っている。

「テーブルこっち寄せようか」

「……まぁ良いっスけど。中断はなしっスよ」

俺とライナはこの暇なひと時を、ギルドの酒場で潰している最中だった。

そんな中きまぐれに始めたリバーシだったが、意外というか想定外というか。ライナがやベーくらい強くて正直心が折れそうになっていたところだった。

おかしいな。リバーシは角を取れば勝てるゲームじゃなかったのかよ。

「……モングレル先輩。露骨に離れたスけど、あの人なんなんスか」

「あー……貴族だ。まず間違いなくな」

俺は小声で返した。

「貴族……」

「時々いるんだ。野に下って己の腕前一つで成り上がってやろうっていう頭のおかしい貴族がな」

「なんでわざわざギルドマンに……ちょっと先輩、それイカサマやめてもらっていいスか」

「おっとバレたか。……装備も立ち居振る舞いも庶民のそれじゃねーよ。ああいうのは本当に厄介だから関わらないようにしとけよ」

「貴族相手ならコネ？　とか作っといた方がいいんじゃないスか」

「同じ貴族や商人だったらな。庶民は止めた方がいい。厄介なだけだ」

この時期に来るってことは、冬の社交界くらいしかやることのない生活に飽きた連中だろう。

あるいはよほど腕前に自信があるのか……まぁ間違いなくあるんだろうな。なかったら一人で来ることはない。

護衛の姿も見えないあたり、よほどの腕前があるか、護衛らしい連中を全て撒《ま》いてきたかになるが……こいつの場合は両方な気がするぜ。

酒場にいる連中もなんとなくあのブリジットとかいう女の正体に勘付いているのか、話しかけようとする奴はいない。笑おうともしていない。この時期は外から入ってきて表の冷気を入れただけで喚《わめ》き散《ち》らす奴もいるのにな。そんな奴らですら何も言わず無関心を貫

# 第二十六話　最強の種族

こうとする辺りガチの厄ネタ扱いだ。

「討伐任務を受けたく思う」

ねーよ馬鹿、この時期に討伐なんか。一ヶ月前に来い。

俺たちの姿が見えてねーのか。どう見ても暇してるだろ。こんなもんだぞ冬近くなんかはよ。

「申し訳ございません。現在緊急の討伐任務はありませんので……」

「ふむ、ないのか。良いことではあるが……ゴブリンが絶滅したわけでもあるまい？」

「……バロアの森の奥深くであれば、寝床に籠もっているゴブリンもいるでしょうけれど……それを探し当てることは困難ですし、労力に合いません。こちらとしても報酬を出すわけにもいきません」

「むう」

よほど討伐にご執心だったのだろう。ブリジットは他の任務について尋ねることもせず、悩ましそうに唸《うな》っていた。

……アイアンランクなんだからもっと下積みらしい仕事をやればいいのに。そんなもんをやるためにここへ来たわけじゃないんだろうけどさ。

「……そう、か。ならば仕方あるまい。今日のところはひとまず登録だけとしておこう。また後日こちらに伺わせてもらうぞ」

「は、はい。また……」

……そう言って、自称庶民で旅する女剣士のブリジットはギルドから去っていった。

扉が閉まる音がして、ギルド内のあちこちで深々としたため息が吐き出された。

あのミレーヌさんですらしんどそうにしている辺り、相当なもんである。

「いやー大変だったなミレーヌさん」

「……仕事ですから」

苦笑いを浮かべるしかないよな。気持ちはわかるぜ。

「近頃多いなァ、こういう……お遊びで来る連中がよォ〜」

「ワシらが三日前ここで飲んでた時にも、似たようなのが来ておったな」

「戯《たわむ》れがすぎるというか……」

この手のネタで談笑する時、彼らは堂々と〝貴族〟というワードは使わない。

もしも聞かれていたら、それだけで事だからだ。実際にはそこまで厳罰が下ることはないだろうが、性格の悪い貴族に聞かれると大変なことにはなる。言わぬが花というやつだ。

「なんていうか、空気が違ったっスね」

「ああ。いると下手なことは言えねーからな。向こうからしてみりゃ後出しで印籠《いんろう》見せれば気持ち良いんだろうが、出されかねないこっち側からしたら脅威でしかねえ」

「インロー？　……ちょっとモングレル先輩、また裏返すのやめてくれないスか」

「おっとすまん」

「わざとスよね。てかもう負け認めましょうよ。往生際が悪いっス」

# 第二十六話　最強の種族

「このゲームやめるか」

「……必勝法があるからって自慢げに言うから何かと思ったら……もう……」

いや俺も勝てると思ったんだよ。

けどまさか幼少からリバーシ育ちしたやつがここまで強いとは思わなくてな。あと角取ったら勝てるが幻想すぎて驚きだわ。完全にこっちが初心者ムーブをしでかしてたのかもしれん。

「あー、まぁなんだ。ライナは〝アルテミス〟の……シーナとかナスターシャがいるせいでいまいちピンとこないかもしれないが、王都出身とか貴族とかの奴には気をつけろよ。本当に連中のきまぐれで何されるかなんてわかったもんじゃないからな」

仮にさっきの女が俺を見て「おのれサングレール人」とか言いながら剣を抜いたら、こっちはマジで詰みかねないからな。

後《うし》ろ盾《だて》のない俺たちはちょっとした貴族の言いがかりだけで簡単に破滅する。

「やっぱり怖いスね貴族は」

「その恐れる気持ちを持っている間は、まぁ最低限なんとかなるさ。忘れないようにするんだぞ」

「っス。あ、私が勝ったんでエールの奢りお願いするっス」

「チッ、覚えてたか」

# 第二十七話　狩人酒場で過去の話

昨日ブリジットと名乗っていた自称旅する女剣士について話そうか。

前提として、あの女剣士はまず間違いなく貴族だ。

理由を挙げればキリがないが、ぱっと思い浮かぶものだけでも……装備の質が良すぎる、喋《しゃべ》り方に品が有りすぎる、世間知らずすぎる、剣術が何らかの流派《りゅうは》に属している、って感じだな。

特に剣術の流派。中身については漏らさなかったが、剣術ってのはだいたいの場合、対人剣術のことを言う。魔物に対する剣術はほとんどない。

で、人とやり合うのがどんなやつかって言うと、そいつは軍人か、あるいは自分の身を守るために剣術を身につける貴族かってなるわけだな。

そして軍人の流派は隠し立てするようなものではない。〝大地《だいち》の盾《たて》〟の連中も普通に使ってるものだしな。

というわけで消去法で貴族になるわけだ。流派を隠したのは、まぁそれだけで出身や家が割れるってのはよくあることだから不思議でもない。

## 第二十七話　狩人酒場で過去の話

あの女が身分を隠してギルドマンの登録申請にきた理由は定かじゃないが、だいたいの見当はつく。っていうか大体パターンが決まってる。

どこぞの嫁ぎ遅れたおてんばが政略結婚を嫌がって飛び出してきたか、おてんばすぎて政略結婚がなくても戦闘狂《せんとうきょう》の血が騒いだか。

いずれにせよ、怖いのはあいつの親だ。

勘当されて「お前はもう二度とうちの名を名乗るな」って放逐《ほうちく》のされ方をしたなら問題はねえよ？　けどそうじゃなかった場合の地雷度合いが洒落《しゃれ》にならない。

たとえばあのおてんば娘がこっそり家を抜け出してギルドにやってきていた場合。

親は普通に心配するし、下々の卑しい連中に粉かけられてないかを警戒するだろう。

もし嫁入り前の娘に男の影があったりしたら？　そりゃもう当然荒っぽい消し方をしますわな。噂《うわさ》にされても困るし、間違いの元は断たなければならない。「そうかそうか、うちの娘と仲がいいのか君は。ならば死ね！」くらいのことはする。

少しでも親の情が入っていて貴族らしい考え方を持った親ならば。たとえおてんば娘であろうとも、どこの馬の骨とも知れない奴《やつ》との関わりは入念にもみ消すはずだ。この世界、この時代、それだけのことは普通にやってのける。何故《なぜ》ならそれが貴族だから。

……ああ、おてんばなのは間違いないぜ？

ブリジットの装備していた得物はロングソードだった。あのサイズの剣を扱えるのは強化が使える証《あかし》だ。そして女が一人で堂々と道を歩けるのも、裏打ちされた実力があってこそだろう。

貴族は強い。連中はスキルやギフトを入手しやすい血筋なのか、あるいはそんな教育を受けているらしい。詳細は俺が貴族じゃないからわからんけど。

そんな連中が潤沢な予算で英才教育を受け、体系化された戦闘術を叩《たた》き込《こ》まれている。そんな小娘を普通の小娘と思ってはいけない。はっきり言って、あんな小娘でもそこらへんの軍人より遙《はる》かに戦えるはずだ。

親も厄介《やっかい》なら子そのものも厄介。

偉い人とお近づきになりたい？　コネを作りたい？

それは自殺行為だ。俺個人としてはお勧めしない。

特に、見た目からしてサングレール人とのハーフだとわかる風貌を持っているなら尚更《なおさら》だ。

「こういう時は酒場に入《い》り浸《びた》るに限るな……うー、さぶさぶ」

寒空の下、俺はギルドに立ち寄らず「森《もり》の恵《めぐ》み亭《てい》」に直行していた。

俺は賢いギルドマンだからな。昨日のブリジットが言っていた「また後日」という言葉を文字通りそのまま警戒しているわけだ。

貴族はゴブリン並みに行動パターンの読めない連中だ。後日っつったらマジで後日来ることもある。少なくとも1パーセントでも可能性があるなら俺はそんな場所は避けて通るね。

# 第二十七話　狩人酒場で過去の話

ブリジットが良い貴族だろうと悪い貴族だろうと関係ない。初見殺しを防ぐにはこれしかないんだ。

「ちーす、明るいけどもう店やって……」

ドアを開いたその先には。

店内にみっちりと、見知ったギルドマンの客が詰まっていた。

「お、モングレルも来たぞ」

「そりゃ来るよな」

「席はないぞ。ガハハハ」

「エールまだかー？　来てないぞー？」

ドアを開けた瞬間に感じる異様な熱気。そして喧騒《けんそう》。

今日は花金かな？　午後七時くらいかな？　あれ違う？　冬の朝？　何事だよこの盛況ぶりは……いや、わかるけどさ。

「お前ら……揃《そろ》いも揃ってなんでこんな所にいるんだよ……」

「そんなもん、お前と同じ理由だぜモングレル。昨日のことは聞いてんだ。ギルドにいられるかよ」

ぎゅうぎゅう詰めの店内のどこからかバルガーの声が聞こえたが、どこだかわからん。

「モングレルさん、今ならギルドの酒場の良い席が開いてると思いますよ」

「どこだよアレックス。……馬鹿野郎、今日は絶対にギルドなんか行かねえからな。なあ一応念押しで聞いとくけど、席空いてる？」

「空いてるように見えます？　木箱を椅子代わりにしてる人もいるんですよ」

「おいおい……間違いなく今日だけはここはレゴール一の酒場だな……」

まぁこれだけ客が入っても単価が驚くほど安いから大して儲《もう》けは出ないんだろうが……。賑《にぎ》やかなのが好きな主人だからな。こんな風景でも、店の奥から楽しそうに眺めているんだろう。

「あーちょっと、私、外出るから道開けてー……こらそこ！　お尻触らないでくれる⁉」

「はっはっは！」

「次やったら片方の玉を射抜いてやるからね」

「おお怖い、悪い悪い」

さすがにここにいても仕方ないなと踵《きびす》を返《かえ》そうとしたところで、男だらけのむさい人壁の向こうから見知った顔がやってきた。

〝アルテミス〟の弓使い、ライナの姉貴分……兄貴分？　のウルリカだ。

「はー、すっごい人……モングレルさん、外に出るなら私も一緒するよ。どうせどこかお店入るんでしょ？」

「ん？　まぁー……そうだな。ギルドは行かないが、今日は適当に時間潰《つぶ》す日だ」

「じゃあ私も連れてってよ。ここは人多すぎてさ」

まぁ大変だろうな。そんな状態じゃドリンクオーダーでさえいつ来るかわかったもんじ

# 第二十七話　狩人酒場で過去の話

ゃない。

ウルリカを男と知ってのことかどうかは知らないが、変な絡まれ方もするだろうしな。

「あっ！　モングレルが〝アルテミス〟の子と仲良さそうにしてるぞ！」

「んだとぉ!?　ギルドの規約違反じゃねえのか!?」

「なんの規約だよ……しょうがねえな、お前らも一緒についてくるか？　ギルドのカウンターに近い席で一杯どうよ」

俺がそう言うと、さっきまで吠《ほ》えていた奴らがスッとテーブルに向き直った。

これが貴族パワーである。

「じゃ行こっかー」

「そうすっかー。畜生ー、どっか安い店ねーかなぁ」

そういうわけで、俺はウルリカと一緒にどこかの酒場に行くことになったのだった。

しばらく寒々しい街をぶらぶらと歩き、結局長くうろつくには寒風が厳しいなってことで、適当な店に入ることになった。

店の名前は狩人酒場《かりうどさかば》。

場所はギルドや森の恵み亭からさほど離れていない、ここらへんでは似たような系統のジビエを取り扱う店だ。こんな時期だが、店内にはちらほら客の姿もある。

森の恵み亭よりもちょっと値段が張るせいで人気はやや低めだが、それなりにゆとりのある作りで客をすし詰めにしようとはしないし、エールもあんまり薄めてないのが売りだ。

まぁ結局高くは感じるんだけど。

「ここはたまに来るんだー。〝アルテミス〟で獲物の肉が多くなった時とか、森の恵み亭と一緒にお肉を卸しにくるんだよねー」

「へえ、そうだったのか。じゃあ今度アルテミスが何か大物ひっかけた時には寄ってみようかな」

「あ、でも多分そこまで値引きはしないんじゃないかな?」

「マジか」

ここで「ケチな店だな」って言っちゃうと店の奥でエールを薄められる可能性があるので口に出してはいけない。

「あれ? というかウルリカ、今日お前〝アルテミス〟はどうしたんだ。一緒じゃないのか」

「あー、うん。〝アルテミス〟はちょっと、今はギルドじゃないかなぁ」

「……なんでよりによって今ギルドに……いや、そうか」

「あ、気づいた。そうそう、うちの団長がね、例の女剣士さん絡みの仕事があれば受けたいんだって。それで今日はギルドにいるみたい」

まさか自分からあの厄ネタに飛び込んでいくとは……〝アルテミス〟も上昇志向が強いとは思っていたが、そこまでとは思わなかったな。

……シーナは何考えてるんだか。いや、貴族の扱いに慣れてたら平気なのかね。

# 第二十七話　狩人酒場で過去の話

　あー……それに女だけのパーティーなら間違いも起こらないし、リスクも低いと……なるほどね。

「ウルリカは仲間はずれにされちまったかー」

「まーねぇー……でもこういう時だけだし気にしてないよ。それに、外してもらったのは何より私のためでもあるからさ」

「そりゃそうだな。あまり偉い人とは関わらない方がいい」

「やっぱりモングレルさんもお貴族様が苦手な感じ？」

「苦手も苦手、天敵に近いね。ほらこの髪、こういう所で難癖付けられたらたまったもんじゃないからよ」

「あー……」

　俺の前髪には白いメッシュがある。サングレール人の血が流れている証だ。

　別に街のチンピラがこの白いメッシュに因縁付けてくるのはかまわないんだ。面倒だけどやり返してやればいいだけだしな。

　でも貴族相手だとそういうわけにもいかない。そりゃ殴りゃ勝てるよ？　でも勝ってどうすんだって話だ。その後の俺を守ってくれるものは何もない。

　だから、最善はそんな状況を作らないこと。

　因縁をつけてくる貴族の視界に入らないようにするのが最も安全なわけだ。

　もし仮にそんな状況に陥ってしまったら？

全力で卑下《ひげ》しながら情けなく許しを請うぜ俺は。そして走って逃げる。

さすがに貴族の戯《たわむ》れでも、無実の市民を追いかけ回して殺すのは面倒だし、評判に響くからな。一応そこまでいくと特定貴族に阿《おもね》ることのないギルドも後ろ盾にはなってくれるだろうし、そういう解決を待つだけだ。

……仮にそれでもしつこく嫌がらせをしてくるようなら、仕方ない。ケイオス卿《きょう》の力で相手貴族の家業を没落させるしかない。やりたくはないけど。

「ウルリカの赤っぽい髪は連合国の血が入ってそうだな」

「ああ、そうそう。といっても私の祖母まで遡《さかのぼ》るらしいけどねー。私は連合国に行ったこともないし。生まれも育ちもハルペリアだよ。故郷はドライデンの所だね」

「ま、そんなもんだよな」

ウルリカは薄紅色の髪を後ろで結い上げている。こういう色は、お隣のわちゃわちゃした連合国のどこかが由来らしい。

とはいえ長年交易を活発に行っている友好国だから、ハルペリア王国内ではさほど珍しくもない髪色だ。

「モングレルさんは……ええと、聞いちゃっていいのかなぁ、これ」

「俺か？　俺の故郷はまんま国境のすぐそばだったからな。純《じゅん》ハルペリアと純サングレールの間の子だよ」

「わぁ……なんかドラマティック」

# 第二十七話　狩人酒場で過去の話

「いやーそうでもねえよ。小さい村だったしなぁ。結局誰かはくっつく事になってたんじゃねーのかな」

田舎《いなか》の結婚なんてのはそんなものだ。

まぁ、その頃のことはあまりよく知らないんだけどな。

というか幼少期は、家族や村人の会話から言語を習得するのでいっぱいいっぱいだったよ、俺。

家族とか故郷とか、そういう温かいものに包まれて癒《い》やされる余裕なんて微塵《みじん》もなかったわ。毎日が必死の連続よ。

「故郷はなんていう名前なの？」

「あー聞いてもわかんねえよ。戦争で滅んだしなぁ」

「えっ」

「いや本当に国境ギリギリのとこにある場所だったから、開戦とほぼ同時に滅んだんだ。まずハルペリアの軍隊に根こそぎ徴発されて干上がってな。その後すぐにサングレールの軍隊が押し寄せてきて皆殺しにされたわけ。あれは死ぬかと思ったね」

俺の人生でもベスト5に入るレベルの超危険イベントだったなあれは。

ギフトに目覚めてなかったらまず間違いなく詰んでたわ。

「……あの、ごめんなさい。モングレルさん。私、軽率なこと……」

懐かしさに耽《ふけ》っていると、目の前のウルリカのテンションは地の底まで落ちていた。

いかんいかん、空気が死んでる。重いわこの話題。

「いやいやいや、気にするなよ。昔の話だし、全然気にしてないから。十歳にもなってない頃だぜ？」

「そんな……そうだったんだ……」

「あーウルリカはどうなんだ？　いやまず飲もうか。なんか温かい飯でも注文するか。すいませーん！」

それから色々頑張って、どうにかウルリカの明るさを取り戻すことには成功した。

美味《おい》しい酒と料理で、ほのぼのとした時間も過ごせた。

けどこいつの中で俺がすげえ悲しい過去を背負った人みたいに見られたかもしれん。

別に気にしなくて良いんだ、マジで。

人生二度目で語学習得に必死になってた頃の故郷なんて、思い入れもほとんどなかったからな。

……これはこれであまり人前じゃ言えないことではあるんだが。

# 第二十八話　退屈そうな任務のお誘い



「はぁああ……」

失敗したなぁ。

まさか、モングレルさんの過去があれほど大変なものだったなんて……。

私のことは〝自分からあまり話さなくてもいい〟って言われて、それに甘えてたのに。

こっちがモングレルさんの事情に土足で踏み込んでどうするのよ。

気にするなとは言われてたし……あの後の反応からして、本当に気にしてないのかもしれないけど。やっちゃったなぁー……って気持ちは拭えないよ。はぁ。

今は帰り道。モングレルさんと一緒に飲んで、食べて。……あの人の昔話の他にも色々と面白い話も聞いたりして過ごして、別れた。

お昼前なのにちょっと飲みすぎちゃった。まぁ、でも今は仕事らしい仕事もないから別にいっか……〝アルテミス〟のみんなには悪いけど。

「ただいまー」

私の住居は〝アルテミス〟のクランハウスにある。

〝アルテミス〞が保有する結構大きなお屋敷で、独身のメンバーのほとんどはここに住み込んでいる形だ。

そこに一人だけ男の私が泊まってても良いの？　とはもちろん最初に聞いたけど、シーナさんは許してくれた。ありがたいことだね。

「あら。ウルリカ、おかえりなさい」

「んえっ？　シーナさんたち、もう帰ってきたんだ？」

クランハウスのロビーに行くと、暖炉《だんろ》の前の談話テーブルには数人のメンバーがいた。

そこには今朝方《けさがた》ギルドに赴いたはずのシーナさんたちの姿もある。

「そうね、せっかくだしウルリカも聞いていきなさい」

「えーでもそれ私も聞いてて良いの？　今回のって結構な機密なんじゃ？」

「良いのよ。知ってても問題ない話だから」

昨日ギルドに現れた謎の女剣士、ブリジット。

おそらく貴族であり……今のレゴール支部にとって頭痛の種であろう人物だ。

「昨日のうちにギルドが貴族街に飛ばしていた調査員が、あっさりと情報を拾ってきたわ。ブリジットさんの正体が判明してね」

「誰？」

「ブリジット・ラ・サムセリア。サムセリア男爵家《だんしゃくけ》の……妾《めかけ》の子みたいね。貴族街から抜け出して来ていたみたい」

# 第二十八話　退屈そうな任務のお誘い

「あれ？　偽名じゃなくて本名？」

「家名を出さなければ身分を偽れるつもりだったのだろう」

「ええ……杜撰《ずさん》すぎる……」

「ほとんど表に出て来ない女性だから調査員も社交関係は詳しくは調べきれなかったらしいけど、騎士訓練場でよく稽古《けいこ》しているから、その筋では有名人ではあるみたいね。女性騎士としては十二分、男性に交じっても大半に打ち勝てるほどの実力だそうよ」

「わぁー……」

なんてパワフルな貴族なんだ。

男なら武に心血を注ぐって人も多いけど、女の人では珍しいかも。

「サムセリア家としては、お家の後継者争いに全く興味のない彼女をそこそこ厚遇しているみたいね。本人は剣術のことしか考えてないから、扱いやすいんでしょう」

「本来であればそのまま女性騎士となり、どこぞの女貴族に仕える一人となったのだろう。だが最近になって、本人がその将来を疑問視したらしくてな」

「疑問視？」

ナスターシャさんは珍しく苦笑している。

「なんでも、〝ただ女性を護衛するだけの仕事に就きたくはない。私はこの剣技を活《い》かせる場所で生きていく〟……そう言って、家を飛び出したのだそうだ」

うわぁ。出世コースをフイにして家出って……。

よくそんな真似《まね》ができるよなぁ。やっぱ変な貴族だった。

「サムセリア男爵も説得はしたそうなのよ。人を斬る剣術と魔物を斬る剣術は違う、とか。他所《よそ》でなんて上手《うま》くいくはずがない、とか。それでも、ブリジットさんは〝斬ってみなければわかるまい〟って……」

「それで、ギルドに来たわけかぁー……」

「ヤバいっスよね」

「危険人物だなぁー……」

「それが調査でわかった事。……貴族街ではちょっと話題になっていたみたいね。だからすぐにわかったわけ。名前が同じっていうヒントもあったし。……男爵家からギルドへ、依頼も来ていたわ」

うーん、この流れでサムセリア男爵家からの依頼かぁ……。

貴族からの依頼は度々あるとはいえ……今回のは綺麗《きれい》な毛皮を一枚ってわけにはいかなそうだ。

「ブリジットさんを退屈な討伐《とうばつ》任務に同行させ、ギルドマンの職務への失望感を植えつけろ。……だそうよ。失礼な話よね」

「あはは……」

「つまり、わざと効率の悪い仕事しろって話なんスよね。一日森に潜って何も手に入らないような……そんなのこっちだってごめんスよ。……〝アルテミス〟の仕事じゃなきゃ、

# 第二十八話　退屈そうな任務のお誘い

嫌な仕事っス」

　ギルドマンになろうとするブリジットさんを引き止めるため、つまらない任務に同行させる、と……なるほど。

　まーわかりますけどー？　わかりますけどねー、私らの仕事を直でつまらないって思われちゃうのはなんかなー。

「だが報酬はかなり弾むそうだ。同行者に男女の指定もない。サムセリア男爵、姿の子を取り戻すために随分と手を尽くすじゃないか」

「親子愛……ってことなのかなー」

「まさか。男爵家から宮廷勤めの騎士を出したい一心だろう。それほど、ブリジットとやらは腕が立ち、将来を見込まれているのだ」

　親の都合、か。貴族なんだから仕方ないんだろうけど……ちょっとブリジットさんに同情しちゃうな。

　まあ、それとこれとは別。私たちとしては、美味《おい》しい仕事は逃さないけどね。

「だいたいわかったよ。うちは仕事を受けるつもりなんだね？　シーナさん」

「ええ、もう受注の確約はしているわ。ウルリカも参加したければ来て頂戴。払いの良い依頼主だから、参加した人数分だけ成功報酬も弾むそうよ」

「日程は？」

「明後日《あさって》。バロアの森を散策して、この寒い中で外を出歩いているはぐれゴブリンを見つけられたら討伐する。……そんな任務になるでしょうね」

「また急だなぁ……暇だし行けるけど。あ、ゴリリアーナさんは？　明後日大丈夫？」

「……私は、平気。予定ないから、参加します……」

良かった。前衛のゴリリアーナさんがいてくれたら安心だ。

この時期に外を出歩く魔物は空腹で気性が荒いから、万が一ってこともあるしね。

「ふん。しかし、そうだな。バロアの森か……」

「？　ナスターシャさん、どうかしたんスか」

ナスターシャさんは深く考え込んでいるようだった。

「……シーナ。今回の任務、外部から腕の立つ近接役を一人雇い入れようと思う」

外部？　雇い入れ？　どちらも耳慣れない言葉だ。

「ナスターシャの言う事だから、深い理由があるのでしょうけど」

「そうだな、以前任務に同行したモングレルを引き入れたいところだが」

「えっ」

「どうした、ウルリカ。モングレルがどうかしたか」

今その名前が出たことに少し驚いた。

「いやー、私、さっきまでモングレルさんと一緒に狩人酒場《かりうどさかば》で飲んでたから……」

「えっ、そうなんスか」

「まぁ軽ーくね、近況とか任務の事とか色々話しただけだよ。今日と明日の予定とかね」

うそ。本当はもっと重い話を聞かされたりもしたし、モングレルさんの好みの料理とかについても色々聞いたりしてきたよ。……絶妙に参考にならない情報が多かったけど、後でライナに教えてあげるからね。

「それは都合が良い。モングレルの予定が把握できているのであれば、ウルリカ。明日モングレルに接触することは可能か」

「ええ……まぁ、一応明日立ち寄る場所の話とかも聞いたからわかるけどー……」

「ではその時、勧誘させてもらうとしよう。なに、一日だけの任務で報酬も弾むとなれば、断る相手でもないだろう」

確かにモングレルさんはお金そこまでもってなさそうだけど……あの人、そういう任務についていてきてくれるかなぁ。

結構本気で貴族のこと避けてるみたいだったから、望み薄だと思うんだけど。

「説得には私も出る」

「あっ、そのじゃあ私も一緒に行くっス。良いスかね」

「まー、うん。大人数で押し掛けちゃあれだし、二人くらいなら大丈夫だと思うけど……色好《いろよ》い返事返ってくるかなぁーあの人……」

なんとなーく、最初から全力で拒否されそうな未来が見えた私だった。

# 第二十九話　非常に政治的でハイレベルな交渉

「絶ッッッッッッッッッッ対に嫌だ」

「おや」

「ほらやっぱり言った通りっス」

「だよねー、断るって思ったー……」

その日の朝。閑散《かんさん》とした市場で中古の布地を見繕っていた俺は、〝アルテミス〟の三人に出会った。

ナスターシャ、ライナ、ウルリカ。正直ライナとウルリカだけなら全然構わなかったんだが、ナスターシャが真っ先に声をかけて来た時の嫌な予感は正しかったらしい。

「随分と嫌がるな」

「今の話聞いて笑顔で頷《うなず》く奴《やつ》がいるかよ。何するかわからん貴族のギルドマンごっこに付き合えるか」

家出した貴族？　謀略じみた依頼？

地雷要素の塊じゃねーか。火薬の発明は俺が死んだ後にしてもらえねえか？

BASTARD・SWORDS-MAN

# 第二十九話　非常に政治的でハイレベルな交渉

「私もモングレル先輩の気持ちはすげー良くわかるっス。あんま気が進まないスもん」

「まー、私はちょっとブリジットさんに同情する気持ちもあるけどねー」

「いや俺も個人的にはわからなくはないぜ？　女性貴族の警護なんて剣を振るでもないお飾《かざ》りみたいなもんだろうしな、そら退屈だろうよ。でも間違いなく恵まれた職ではあるんだ。俺も親の立場ならさっさと栄転してくれと思っちゃうね。だが俺自身はその騒動に巻き込まれたくないわけよ」

　何のために俺がブロンズに留《とど》まってると思ってんだ。こういう面倒な依頼が来てほしくないからだぞ。巻き込むなや。

「ふむ。予定通りいけば任務そのものは一日で済むだろうし、報酬は弾むが？　〝アルテミス〟側でも色を付けても構わない」

「金はまぁ魅力的だけどな。だからって貴族の御令嬢と一日一緒なんてやってられるかよ。何かあれば責任を取らされるんだろうが」

　そもそも金自体必要ないんだよ俺は。必要になれば稼ぐ手段はある。やらないのは金を持っているイメージがつくと犯罪に巻き込まれるからだ。

　この任務は俺にとってデメリットばかりでメリットが皆無なんだよ。

　まぁ、あからさまに金なんていらないアピールをするのも不自然だから、守銭奴っぽい振る舞いをすることはあるけどな。こういう場面じゃ完全拒否しかねえ。

「ちなみに、具体的な報酬金額はこれだな」

「……」

ナスターシャに何かが書かれた小さな端切れを見せられたので、とりあえず見るだけは見ておく。

……ふ、ふふふーん。ま、まぁ結構もらえるやん……。

「モングレルよ。お前は何を畏《おそ》れている？」

「そりゃあ貴族だろ。何されるかわかったもんじゃないんだ、怖いに決まってる。お前たち《アルテミス》みたいに、貴族とかお偉いさんとかとの付き合いに慣れてるわけじゃねーんだよ、こっちは」

「過剰な畏れだな。サムセリア男爵家《だんしやくけ》は小さな家だ。世の中を動かせるほど大した権力もない。ギルドに多少色を付けて依頼を出すのがせいぜいの、貧乏な家だ」

閑散とした市場の中央に建つ大きな石像。その土台に背を預け、ナスターシャは豊満な胸を反らせた。でかい。

「……モングレル先輩、どこ見てんスか」

「胸」

「視線も意思も隠す気がないんだ……」

「最低っス」

そりゃまあお前たちは虚無だからな。男はこういうのに目が行っちゃうんだよ、しょうがないだろ。

見られるのが嫌ならローブを羽織るだけじゃなくて厚着してくれ。こんな季節なんだから。

「私の胸が気になるならば、触っても構わんぞ？　護衛依頼を受けてもらうがな」

「ナスターシャさん⁉　ちょ、ちょっとそれはさすがに」

「……」

「モングレル先輩、なにめっちゃ考え込んでんスか！」

「痛っ、蹴るな蹴るな。受けねえって」

仕方ないだろ男なんだから。ウルリカもわかってくれるだろ？

いやダメだな、わかってくれなそうな目で俺のこと見てるわ。

「サムセリア男爵家はただ偏《ひとえ》に、娘の出奔《しゅっぽん》を阻止したいだけだ。だから今回は、何の獲物もいない冬の森を延々と歩き回るだけで良い。ブリジットを退屈させればいいのだから、無理に楽しませる必要もない。仮にその必要が生まれたとしても、ブリジットの相手は私たちが行う。モングレル、お前はただ前衛役と荷物持ちとしていればそれで構わん」

「……なんでわざわざ俺を雇う？　そっちにも近接役はいるだろ」

「ゴリリアーナは優秀だが、彼女一人だけだ。一年前にはもう少しいたのだが……今回は警護対象が増えるという意味でも、前衛は厚くしておきたい。お前の懸念の通り、失敗はできないのだからな」

冬の森は魔物が少ない。だが、時折現れる魔物は酷《ひど》く気性が荒く、手強《てごわ》かったりする。

近接役に負担が掛かることもありえるだろう。そういう意味でも、ナスターシャの判断は間違っていない、か。

……でもこの女、他にも何か思惑があるような気がしてならない。

そこらの貴族のように欲に目が眩《くら》んでいる雰囲気はないが、それとは別に厄介《やっかい》そうなオーラを感じるんだ。

主《おも》に目つきが怖いし。

んー……さすがに俺も貴族のことは〝アルテミス〟ほど詳しくないからな。

サムセリア男爵家。力がないって言うなら、そうなんだろうが。

……本当かぁ？　裏取りもできないから全くわからん。

……例えば前衛をゴリリアーナ一人で受け持つ場合、貴族を守りながら〝アルテミス〟の後衛を守らなければならないわけだが、するとどうしても後衛が危なくなりがちだよな

……ライナとウルリカもそうだ。いや、こんな仕事をしてる以上、危ないのはみんな同じだから考える必要はないんだけどさ。うーむ。

「……そもそも、俺の人種を明かしたくない相手だ。サングレール人の血が入ってるのが丸わかりだろ。バレたらまずい」

「隠せば良い。その程度の白髪ならば、頭に包帯を巻いて兜《かぶと》でも被れば隠し通せるだろう。なんならお前はギルドからの依頼を受けず、正体を隠して合流してもいい。金はこちらで払おう」

「グレーなことはしたくねーな……他にもいるぜ？　俺以外にも腕の立つ近接役はよ」

「モングレル先輩、ほんとに来たくないんスね……」

やりたくないですよ、ええ。心の底からな。

だからそんな目で見るのはやめなさい。

「私が見るに、モングレル。お前の剣技はギルドでも有数の技量であると思っている」

「どうもありがとう、とは言っておくけどな……」

「それに知らぬ仲でもない。ライナとも付き合いが長いのだろう。我々を助けると思って、どうだ。一日仕事くらい、やってみせないか」

うーん、悩ましい。

サムセリア男爵家ってのがしょぼいとこなら正直大丈夫かなって思いも芽生えてきた。

それに俺が貴族を嫌いすぎるのも、金払いの良い仕事を頑として拒否し続けるのも不自然ではあるしな……。

……逆にこんなタイミングだからこそ、堂々と臨時収入を抱え込むチャンスか？

これまで踏み切れなかった便利アイテムの製作に着手できるなら……いやいや、落ち着け。前向きになってるぞ、俺。

冷静に判断しろ。メリットとデメリットを比べるんじゃない。デメリットの総量を注視するんだ。俺は今までそうやって生きてきたじゃないか。

「ふむ……思っていた以上に頑なだな。あと私の権限で行える譲歩といえば、せいぜい仕務終了後に〝アルテミス〟のクランハウスに招待して、温かい風呂を用意してやる程度のものだが……」

「えっ、風呂？」

「？　そうだが」

「目つき変わったっス」

「反応すごかったね」

「まさか俺が一回の風呂で頷くと思っちゃいないよな？」

「……私は火魔法が苦手だ。沸かすのに苦労する。二回がせいぜいといったところか」

「二回だぁ……？　それでお願いします。是非とも任務にお供させてください」

俺はビシッと頭を下げて、今回の件を快諾《かいだく》した。

「いや、確かにお風呂は良いもんスけど……そんなにガラッと態度変えちゃうほどスか……」

「冬の風呂のためなら仕方ねえんだ……」

大衆風呂はアホみたいに高いくせにくっそ汚いんだ。まるで別物なんだ……。

さらに高い金出して入れる綺麗《きれい》な風呂屋は女の子が一緒に入ってくるせいで落ち着かねえんだ……。

「……釈然としないが、受け入れてくれたことには感謝しよう。よろしく頼むぞ」

「任せてくれナスターシャ。あ、でも貴族の相手は全面的に頼んだわ」

「……よくわかんない人だなぁ、モングレルさん」

「そういう人なんスよ、ウルリカ先輩」

こうして俺は明日、風呂に入る権利を得た。やったぜ。

……冷静な判断？　デメリット？　なんだっけそれ。頭の痒みの話？

# 第三十話　何も発生しないチュートリアル

お前あんなに嫌がってたくせに、風呂に何回か入れるだけでリスクだらけの任務に臨むんか？　と言われるかもしれない。

全くもってその通りだと言わざるをえない。リスクとメリットが釣り合ってないよな。

俺もそう思う。愚かな冒険者と笑いなさい……。

けどな、風呂はな……個人で再現するのは無理なんだ……。

もし俺が、自由に伐採しても良い木々に囲まれた自然あふれる水の綺麗《きれい》な川辺（何故《なぜ》か魔物が湧かない）に一軒家を持ってて、木樵《きこり》として生活していたのなら可能だったかもしれない。けどこの世界の一般論で言えば、それは無理な話なわけで。

この世界には水が無限に出る魔道具もないし、常に熱を発する不思議な石があるわけでもない。仮にあったとしても多分俺がどうこうできる価格や価値ではないだろう。

庶民はせいぜい水で洗うだけ。これでも綺麗《きれい》好《ず》きな方だ。洗わない奴《やつ》はマジで洗わない。

汗とエールが混ざったようなやばい匂いがする奴も実際のところ珍しくはない。

ちょっとした金持ちでも桶《おけ》一杯分の水をどうにか沸かしてちびちび洗う程度だ。今の俺はこれだ。毎日宿屋でお湯を買ってるボロい客をやっている。そこまでいくと潔癖症扱いされるのがこの世界なんだ。

肝心の風呂屋は……シャワーがなくて、お湯がフィルターで循環されてなくて、基本的に入る時はみんな滅茶苦茶《めちゃくちゃ》小汚い……そう言えば使いたくない気持ちはわかってもらえるだろう。一番風呂に入れなかったら諦めるレベルだが、そうやって気軽にチャレンジできない程度にはマジで汚い。

貴族が使うような風俗店に行けば個人でも綺麗な風呂に入れるけど……うん……それはね……うん……そんなに金払いが良いと無駄にトラブルに巻き込まれるからさ……。

……どうして俺はこの世界に転生した時、まともな魔法を使えるようにならなかったんだろうなぁ。

使えていれば水魔法と火魔法で……あらゆることがどうとでもなったのに……畜生……。

ハルペリア王国は石材も金属も豊富じゃない。パイプラインで都市ガスが通ってるわけでもない。かといって薪《まき》を無限に使えるわけでもない……。

仮に俺がケイオス卿《きょう》として熱効率の良い薪ボイラーのようなものを設計したとしても、風呂屋の値段が大きく下がることはないだろう。あと多分清潔感も変わらん。ここらへんは衛生観念の問題になるしな。

風呂を作るのは本当に難しい。

だからある意味、この世界で個人で気軽に風呂に入るためには……腕の良い魔法使いであることが必須なのかもしれない。

「いやー、今日はよろしく頼むなー」

「……まだ夜明け前なんだけど」

任務当日、俺は〝アルテミス〟のクランハウス前にやって来ていた。

出迎えてくれたのはシーナだった。しかし寝《ね》ぼけ眼《まなこ》というわけでもなく、既に支度《したく》は整っているようだ。

「風呂のことを考えてたら早起きしちゃってな」

「子供じゃないんだから……ナスターシャたちから聞いていたけど、本当にそんなことで説得されてたのね」

「俺にとっては大事なことなんだよ。一生に三、四回くらいは温かい風呂に入ってみたいだろ」

「回数を水増ししないでくれる？　その話も聞いてるから」

「チッ」

前を通りかかった時に「やっぱ金持ってんな」と思うことは多々あったが、まさかこの建物を訪れる日がやってくるとは夢にも思わなんだ。まして〝アルテミス〟の団長とちょくちょく話すようになるなんてな。

「……兜《かぶと》じゃなくて帽子なのね」

「ああこれか。髪の一部さえ隠せりゃそれでいいからな、猟師《りょうし》がよく使ってるやつにした。

# 【第三十話　何も発生しないチュートリアル】

こんな時期に金属兜なんて被ってられんからな」

冬は冷える。何が冷えるって色々冷えるんだが、その中でも特に金属はよーく冷える。侮られがちだが、この金属の冷え方というものは尋常ではない。近頃安全靴を使って仕事している労働者たちがつま先の冷えが堪《たま》らないと嘆いている話を聞くほどだ。

金属装備なんてその比じゃない。俺は常に軽装だが、冬場はレザーしか着込まない。代わりに小盾《こだて》は持つけどな。

「例のお貴族様は、全身鎧《よろい》でやってくるのかしらね」

「はははは、まさかな。そんな馬鹿な奴がいるかよ……いないよな？」

「だといいんだけど。……もしそんな格好でやってきて体調を崩しそうになったら、早めに切り上げるだけよ。かえって仕事が楽だわ」

「……貴族のお嬢さんをそんな扱いして大丈夫なのか？　後で男爵家《だんしやくけ》から文句を言われないか？」

「本当に心配性ね。もう少しギルドの後《うし》ろ盾《だて》を信頼すればいいのに。別に私たち〝アルテミス〟は危ない橋を渡っているわけじゃないのよ」

シーナは扉を開けて、俺を手招きした。

「ブリジットさんとはギルドで合流して、それから出発するわ。その前に中で打ち合わせをしておきましょう。まぁ、大した事はないけどね」

俺は誘われるまま、〝アルテミス〟のクランハウスにお邪魔したのだった。

暖炉前《だんろまえ》のロビーには既に数人のメンバーが集まり、旅支度を整えていた。

〝アルテミス〟からの参加者はシーナ、ナスターシャ、ゴリリアーナ、ウルリカ、ライナ、ジョナの六人である。そこに雇われの俺を追加して七人だ。

ジョナというのは三十代後半の既婚者の女で、子をもうけてからは夫の住まいで暮らし、クランハウスには通う形で在籍している弓使いなのだそうだ。仕事もクランハウスの清掃が主《おも》らしく、狩猟任務に行くことは少ないのだとか。聞いてみれば、アルテミスにはそんなメンバーがわりといるらしい。女性パーティーらしく、時々託児所代わりにもなっているとかなんとか。

なるほど、人数はそこそこいるのに同じメンバーばかり見るのはそんな理由だったか。

「今回の任務は一日で終わるからね。あたしみたいな半分引退したようなギルドマンにはありがたい仕事だよ」

ジョナはそんな風にからからと笑っていた。

……やっぱり俺は今回の任務を過剰に警戒しすぎなのか？

「前衛はゴリリアーナと、その補佐にブリジットさん。中衛に私とジョナで、前方を警戒しつつブリジットさんの対応をしましょう。後衛はライナとウルリカとナスターシャ、背面の守りはモングレルに任せるわ」

気を利かせてくれたのか、俺はほぼブリジットと反対側で殿《しんがり》を守ることになった。

前方で何かあれば崩して前に出ることもあるだろうが……まぁ、冬だしなぁ。ほぼないだろう。

「モングレルさん、私たちの守りは任せますからねー？」

「守るようなことが起きなきゃ良いんだけどな」

「てかモングレル先輩、盾持ってるの珍しいスね」

「ああこれ？　俺もほとんど使ったことねーけど一応な。うちに盾がもう一つあるんだけどな、そっちの方はデカいし重いから小盾にしたんだ」

「初めて知ったっス……」

「良い盾だぞ？　今度ライナに見せてやるからな」

「なんで嬉《うれ》しそうなんスか。それ絶対普通の盾じゃないっスよね」

そういうわけで、布陣は決定した。

あとは例のおてんばお貴族様と合流するだけである。

「アイアンクラスのブリジットである。腕に覚えはあるが、魔物と剣を交わした事はない故、その修練のため今回の任務に就くこととなった。そちらの〝アルテミス〟の邪魔にならぬよう努力する。よろしく頼む」

ギルド内には、金属鎧で完全武装したブリジットがいた。

……いや、貴族のわりにそこまで高圧的な態度じゃないのは嬉しいんだがね、大丈夫なのかお前その鎧。今日結構寒いし、わりと長い間森を歩くことになるんだが……。

「よろしくね、ブリジット。私は〝アルテミス〟の団長シーナ、ゴールド２のギルドマンよ。貴女は何も知らない初心者だろうから、基本的に任務中は私たちの指示に従ってもらうわ」

逆にシーナは偉そうに言い切ったけど、そうか。相手を貴族扱いせず平民のギルドマンとして対応してるわけか。心臓に悪いけど当然ではある。

まぁ、後で文句言われるのは嫌だから、俺は極力喋《しゃべ》らんようにするけどな。

「ああ。不勉強故、何かあればその都度指南してもらえるとありがたい」

「良いでしょう。ただし、途中で問題が発生すれば私たちはすぐに任務を中断して帰還するわ。それだけは覚えておくように」

「それは、魔物が出て負傷者が出た時などか」

「もちろんそれもあるけれど、ね。さあ、とにかく移動を始めましょう。東門からバロアの森近くまで遠いからね」

こうして俺たちは冬のバロアの森に向けて出発することになった。

参加メンバーで挨拶とか自己紹介とかは、歩きながら名前だけ名乗る程度で済ませた。

ブリジットは俺たち一人一人にはほとんど関心がないようで、名乗りに対してまとめて「よろしく頼む」と返すだけだった。多分、無口というか寡黙なタイプなんだろう。こっちとしては気楽で良い手合いだ。

歩いている最中、ブリジットは時々ゴリリアーナさんやジョナと何か言葉を交わしているようだった。

少し離れているせいで内容はあまりよくわからないが、ちらっと聞こえる限りでは任務とか魔物の話をしているのだと思う。

飛び込みでやって来た割には、それなりに真面目《まじめ》な性格をしているらしい。

「モングレル先輩、私あんま冬のバロアの森に入ったことないんスけど、この時期だとどういう魔物がいるんスかね」

「……いない」

俺はブリジットに聞こえないよう、小声で返した。

「冬は本当に何も出ないぞ。発見報告はあるが、過去こういうことがあるにはあった程度のもんだからな。獣は冬眠するか、森の奥の奥まで引っ込んでる」

「マジっスか……じゃあ冬籠《ふゆご》もりし損ねた魔物とかは……？」

「出ない。いや、五日くらい森に通ってればいるかもしれないけどな。基本なーんも出ないぞ」

「そうだねー、何も出ないねー冬場は」

「やっぱそうなんスか……」

三日に一回くらい通って獲物が獲れるなら、ギルドマンも冬場の仕事をすることもあるかもしれない。

だがみんな森の仕事をぱったりしなくなるということは……そういうことだ。

別に不穏の前触れとかでもないしフラグでもフリでもない。

冬のバロアの森はガチで何もないのだ。

そんな虚無みたいな任務だから正直嫌だったってのもあるんだが……今日の風呂のためなら仕方ねえ。

悪いなブリジット、俺と一緒に苦行しようぜ……！

# 第三十一話　羅針盤を握る者

バロアの森はまだ雪に降られていない。

しかし既に底冷えする寒さは土の中に影響を及ぼしているようで、地面を踏みしめると砂利を踏んづけたような音がする。霜だ。

大きい声じゃ言えないけども、俺の靴は特製だ。

ガワだけならそこらで売っているものと大差ないように偽装しているが、中身は現代でも通用するブーツに近い。霜を踏んでも冷たくないし、染みることもない。快適快適。

しかしこの森に踏み込んだ俺たちの中には、そんな快適さからはかけ離れた装備の奴《やつ》が一人いるわけで……。

「周囲を警戒し、魔物がいないかどうか探りながら歩きなさい」

「うむ」

結局ブリジットは、森に入ってからもずっと鎧《よろい》姿《すがた》のままだった。

グリーブも歩きやすいわけではなかろうに、そんなことを感じさせない足さばきでゴリリアーナと一緒に前を進んでいる。……要は鉄の塊だ。そんなんで氷を踏みしめながら歩いてたらすぐ冷たくなるだろうに……大丈夫なんだろうか。

そのすぐ後ろについているのはシーナたち中衛組だ。シーナは一本の矢を手に持ち、辺りを警戒するように歩いている。

……俺の方でも気配を探ってみた限り、別に何がいるわけでもなさそうだが。俺の探知能力も大概素人《しろうと》に毛が生えたようなもんだからな。そこらへんは〝アルテミス〟に丸投げしている。

「あーこれあれっスね……」

「んー……だね」

ライナとウルリカは何かわかったような様子で頷《うなず》き合《あ》っていた。

俺はいつものように「なになに～？」って絡みにいきたかったが、今日ばかりはひたすら影に徹《てっ》していようと思う。目立たないのが一番だ。

黙々と歩く。ひたすらに歩く。

八人が霜を踏みしめる音と、時折装備が枝をひっかける音だけが、静かな森に虚《むな》しく響くばかり。

それを二時間ほど。歩みは遅く、休憩もない。普段はやらないような、明らかに非効率な行軍だった。

……退屈だ。つまらない任務は色々あったが、その中でも特に味のしないガムみたいな任務だ。

だが俺以上に辛い思いをしているのはブリジットだろう。

全身鎧に身を包んだ彼女は早くも寒さに参ってきたのか、震えが目立ってきた。

しかも常にシーナが〝練習〟と称して周囲を警戒させながら歩くものだから、気が休まる暇もない。

……早く誰か「その鎧脱げよ」って言ってやってほしい。

俺は貴族は苦手だしあまり関わりたくはないが、さすがに寒そうだし見てられんぞ……凍傷になったらまずいんじゃないか。

「この道を通りましょう」

矢で方向を指示しながら、シーナが行き先を変更する。

冬の森は未《いま》だ、小さなフラッグバード（食用不可）やマッドラット（食用不可）しか見られない。

「……モングレル先輩、これ。ここ、足跡っス」

「え？」

ライナが小声で俺に伝えてきたのは、地面にうっすらと見える……見える？　見えているらしい足跡だった。

なるほど霜のおかげである程度わかりやすい……？　かもしれないが、正直よくわかんね。

「大きなチャージディアっスね。多分、さっきうちらが選ばなかった進路に向かっていっ

た感じっス」

「……シーナがこれを見て獲物を回避したのか？」

「はい、足跡の古さまではわからないスけど、多分。シーナさん、索敵はすごい上手《うま》いっスから」

……すげーな。足跡を見てわざと魔物がいなそうな方向に舵《かじ》切ってるのか。

いや、というかあの弓矢か……？

弓矢を指に挟んで、鏃《やじり》の向く先を探っているようにも見えるな。

……もしかして何かのスキルか、ギフトか。

探知性能のある技ではあるみたいだが……。

いや、それにしても徹底してやがる。ただでさえ魔物と遭遇しない森の中でこんなことされたら、ほぼ確実にボウズで終わりそうだ。ブリジットは必死にやってるのに……。

「どうしたの、ブリジット。調子が悪そうね」

「……い、いや。私は、まだ」

あ、ついにシーナが切り出した。

調子が悪そうなのは最初からわかりきってはいたんだが……今のブリジットはもう、一歩一歩踏み出すのも億劫《おっくう》そうに見える。

「正直に言いなさい。ここで倒れられては皆の迷惑になるの」

「……とても、辛い」

シーナは行軍を停止し、深く息を吐いた。ちょっとわざとらしい。空気が重《おめ》ぇよ。

「その鎧を脱ぎなさい」

「なっ……それは」

「私が予備の着替えを持って来ているから。鎧を脱いで上から着るように。装備のせいで身体が冷え切っているのでしょう」

「……すまない」

ブリジットはいたたまれない様子で、不慣れな手付きで鎧を外し始めた。

着脱をジョナが手伝いつつ、ブリジットはシーナの予備着を着込んでゆく。……で、脱いだ鎧はどうするかというと。

「ねえ。この鎧、貴方《あなた》の荷物にロープで縛って固定してもらえる？　重いから安定しないだろうけど、落とさないように気をつけて」

どうやら俺が持つことになったらしい。

まぁこの程度の仕事はなんということもない。ブリジットの弱りきった姿を見ていりゃ尚更《なおさら》だ。

ブリジットの全身鎧は高級なものなのか、見た目よりも軽いように思える。素材が一般的なものとは違うのか。もしかすると、元いた世界に存在する金属ではないのかもしれない。

……よく見たらこの鎧、冷却用の油が塗布されてないか？　これってあれだろ、夏場の反射熱を抑えるっていう油じゃ……オイオイ。これは〝アルテミス〟関係なくヤベーだろ。

「すまない……私のせいで、手間を……」

「……良いんだよ」

ブリジットは恥じ入るように謝るが、あまり会話のラリーを続けたくないあまり、俺の返し方がぶっきらぼうになってしまったかもしれない。

どうしよう。俺ちょっとこの子かわいそうすぎて見てらんねえよ。

「近接役が一人荷物を抱えてしまったから、これまでより一層集中して進んでいきましょう」

……退屈な任務。自業自得とはいえ、ひたすらに辛い行軍。自分のせいで他人が被《こうむ》る負担……。

これが最初の任務ってお前……地獄か？　俺だったら普通にトラウマもんだわ。

〝アルテミス〟のメンバーもあえて過剰に元気づけるような言葉を使わないあたり、ブリジットのモチベを本気で殺しにかかってやがる……。

「もう少し歩いたら休憩して、折り返しましょう。それで今日の調査は終わりよ」

「……わかった」

歩き始めた時こそロングソードの柄に手を置いて魔物を警戒していたブリジットだったが、今や歩くので精一杯な様子だ。周囲に魔物がいるとも思えなくなっているのだろう。

彼女の口から漏れ出る吐息は、ここにいる誰よりも白く、大きかった。

森の中で適当に薪《まき》を拾い集め、火を灯《とも》して囲む。

シーナはこの日のためにわざわざあまり美味《おい》しくない干し肉を持ってきたのか、一行は食事中も盛り上がるようなことはなく、しんみりした空気が漂っている。

居心地《いごこち》はまぁ控えめに言って最悪だな。だがこれが俺たちの任務でもある。

〝ブリジットをギルドマンの道に進ませないようにする〟には、完璧と言っても良い状態ではあった。

「……私は、春に……」

焚《た》き火《び》を見つめながら、ブリジットが虚ろな目で語り始めた。

「王都へ行き……仕事に就くことになっている。だが私はその仕事が嫌で、剣士となるべくギルドマンを志してみたのだが……」

蓋《ふた》を開けたらこんな惨状《さんじょう》、と。

「わからぬな。私は……何をすれば良いのだろう……っ」

あっ、泣きそう。やめてやめて。俺そういうの弱い。すげえ困る。

「仕事なんて誰にでも向き不向きがあるものよ」

「……向き、不向きか」

「自分のやりたいことが、自分に向いている仕事とは限らないのよ。今日の任務を経験してみて辛いと思ったなら、ブリジット。貴方はギルドマンをよく考え直した方が良いわ」

「……痛み入る」

お祈りメール思い出しちゃったよ俺。心がつれぇ。

別にこの……ブリジット、まだギルドマンに向いてるとか向いてないとかわからないじゃん。ていうかその芽を摘んでるの俺らじゃん。

なんかそれ考えるとマジで……罪悪感でもうね……心が死にそうになるわ。

「なあ、ブリジット」

俺は焚き火に当たるブリジットに声をかけた。自分から声をかけたのは今日はじめての事だった。

シーナが少し鋭い目で俺を見てきたが、気にするな。別に任務を台無しにするつもりはない。するつもりはないが……このままで終わりってのも、胸糞悪《むなくそわる》い話じゃねえか。

最後に少しくらいは、悪くなかったって振り返れる思い出くらい残させてやれよ。

「今の時期はこんな炎じゃ暖まらないだろう。冬場はもっと景気よく燃やさなきゃどうにもならん。薪集めに行くぞ」

「薪集め……」

「ようやくそのロングソードの出番ってわけだ」

俺は焚き火の中に入れておいた丸石を薪で挟んで引っ張り出し、それをボロ布でぐるぐる巻きにしてブリジットに差し出した。温石。少々重いが即席の懐炉だ。

「そいつを腹に抱えて一緒に来いよ。剣士なら力仕事くらい役に立てなくちゃあな」

「……！　ああ、わかった……一緒にやらせてくれ」

俺はブリジットと連れ立って、林の深い場所へと入っていった。

「人の腕くらいの太さの枝を斬っていくのが一番楽だが、そんな材料ばかりじゃないからな。太いやつを二等分か四等分にするのも良い」

俺はバスタードソードでそこらの細枝を払いつつ、中には高い位置に伸びている太い枝も斬っていった。

「……剣で木を斬るのか」

「やってみな。ロングソードなら俺よりも高い所に届くだろ」

「ああ……やってみる」

ブリジットも剣を高く掲げながら、作業を始める。本来なら切ったばかりの木材は乾燥させなくちゃ使い物にならないんだが、立ち枯れた木なら既にある程度乾燥が進んでいるので問題ない。

剣を振るうたびに貴族の剣術が引っかかるのか、慣れない動きで苦戦しているようだったが……無心で身体を動かすブリジットの表情は、さっきよりも随分と明るさが戻っているように見えた。

「太い枝は薪割《まきわ》りしていく。中途半端なやつなら二等分、それより太いのはもう一度割って四等分ってとこだな。こんな風に」

古い切り株の上に薪を立て、バスタードソードで割っていく。普通はナタとか斧《おの》を使うもんだけどな。魔力を込めればこんな剣でも十分だ。

「剣で薪割りか……やったことも、見たこともない」

「お上品だな。ほらやってみろ、お前の暖を取るための薪なんだからな」

「ああ、わかった。……ふッ！」

ブリジットは切り株の上の薪に剣を振り下ろし、次々にかち割っていく。……うん、良い筋だ。こいつは世間知らずではあるけど、剣術の腕そのものはなかなかのものらしい。

「あっ」

それでも、時々太い薪に引っかかってしまうこともあるようだが。まぁこればかりは仕方ない。そもそも剣でやること自体が結構な無茶だからな。

……って、ブリジットの奴、慣れない格好で慣れないことしてるせいか、アイアンの認識票落としてやがる。拾っておこう。

「ぐっ、薪の中で中で詰まった……！　強引に、割るしかないか……！」

「ちょいちょい。待て待て。ちょっとその剣を貸してみな。薪割りってのはな、こういう体勢でやるもんなんだぜ」

ブリジットから薪の中で詰まったロングソードを借り、構える。

脚は縦ではなく横に広げ、落とすように振り下ろす……。

「ほっ」

「おおっ……」

まぁこれは斧の使い方らしいから剣でやる分には違うんだろうがね。けど上手く割れたから良しとしよう。

「まあこんな感じよ。ブリジット。お前の剣は自然相手にするにはまだまだ練度が足りねえな」

「……やはり、そうだろうか」

「俺はよくわからないが、見た感じお前のは対人剣術だろう。人と戦うことを目的として練り上げられた剣術だ。それが森の中で使いものにならないのは、当然のことなんじゃねえの」

「……さっきシーナが言っていた、向き不向きというやつか」

ブリジットは冷え切った温石を切り株のそばに置いて、白い息を吐いた。

「お前の言う王都での仕事ってのがなんなのかは知らねえけどさ。俺は少なくとも、そっちの方がお前が培《つちか》ってきた剣術には向いてると思うぜ」

「……森ではなく、王都か」

「まだやったことのない仕事なんだろ。まずはそっちをやってみろよ。そこで何年かやってみて駄目だってんならアレだけどな。けどギルドマンに落ちるのは、それからでも遅くはないと思うぜ」

ブリジットは深く考え込むように小さくゆっくりと頷いた。

……さて。これで休憩するには十分な量の薪が集まった。あとは割れた薪を拾い集め、焚き火に戻るだけだ。

焚き火に戻った後は、集めた薪を盛大に燃やして暖を取った。

わざとらしく身体が冷えるように貧しく燃やすよりもずっと良い。ブリジットも冷え切った身体が温まり、顔色も良くなったようだ。

「……なんか、ブリジットさんを元気づけてあげたんスか」

「まあ、ちょっとな」

小声のライナに同じく小声で返す。……向かい側のシーナは相変わらずこっちに〝余計なこと言って任務台無しにしてないだろうな〟って眼光を送っているが、事情はちゃんと後で説明するんで……。

「……さあ、休憩は終わりよ。レゴールに戻りましょう」

帰り道は間延びした陣形になった。

前の方ではシーナとブリジットが何か話をしており、聞かせたくないのか皆と間を開けている。

まあこっちもこっちでブリジットに聞かせたくない話はいくらでもあったので、後ろの方でボソボソやれているわけだが。

「なんつーか、ひでえ任務だよなぁ」

「……趣味は悪いっスよね」

「ねー……まあ、男爵家《だんしゃくけ》からの依頼だから割り切るしかないんだろうけどさー」

ギルドマンになるという夢を初手で叩《たた》き潰《つぶ》す手腕。

〝アルテミス〟はこういった絶妙な物事においても器用に結果を出すパーティーらしかった。

正直……すげーなと思う。いや皮肉とかは抜きで。

今もシーナは弓矢を片手に安全な方位を巧みに手繰り寄せ、何も起こらない平穏な任務を演出し続けている。

なんだかんだで寒さと疲労で考えのまとまらないブリジットは、ただただ俺たちの言葉を飲み込んで頷くしかない。

「軽量化された魔合金とはいえ、よくそれだけの荷物を背負えるな。見込み通りだ、モングレル」

「……ナスターシャ。俺はひょっとしてこういう荷物持ちになることも織り込み済みだったのか？」

振り向くと、そこにはニヤリと悪どく笑うナスターシャがいた。

「さて。だが、ブリジットという護衛対象がいたのでは、ゴリリアーナだけではいざという時の前衛に不安があるのも事実だったのでな」

「シーナのあの索敵能力は完璧じゃないってことか」

「ほう……よく気付いた。理知的な男は嫌いではない」

「正直確信ってほどでもないけどな。けど絶対に何かはやってるだろ」

矢が敵の方向を指す、という力があるのだとしたら……。まぁ、これも俺の仮説にすぎないか……。

ナスターシャはさらに笑みを深めた。

「……シーナは危機を回避することにかけては、非常に優秀な力を持った弓使いだ。それと同等の力を、この私も保有している」

「それは……」

「ギフトだ。……隠さなくてもいい。持っているのだろう？　モングレル、お前も」

……！

俺のギフトがバレた……？

どこだ？　どこで見られた？　いやハッタリか。見せた覚えはないし見られるような場所で使ってもいねぇ。

顔には出すな俺。悟られたら絶対に面倒なことになる。

「私は知っているぞ、モングレル」

何をだよ。怖いからやめてくれ。え、マジで見られてないよな？　てかアレを見られてたらこんな反応にはならないよな？

「お前のその強化魔力……それこそがギフトなのだろう」

「……」

あっ……ぶねー！　良かった勘違いされてた！

はー……なるほどね、そっちね！　身体強化の方ね！

あ、あ、なんだ。それならヨシ！

ゴホン。……いやいや、ヨシじゃないな。俺はあくまでそれを隠してたんだって体《てい》でいないとダメなわけだ。

……よしオーケー、だったらこのましらばっくれていよう。それが一番演技っぽくないはずだ。

「……何のことだか」

「モングレル。私たち〝アルテミス〟はお前のその力を最大限発揮させることができる。扱いの難しい貴族の依頼主《いらいぬし》も、危険な魔物の回避も我々ならば可能だ。シーナはお前の加入を求めている。私は彼女に賛同する。待遇は決して悪くはないぞ」

勧誘ね。……まぁ、風呂はありがたいけどな。すげえ惹《ひ》かれるけどな。

その風呂の元栓を握ってるナスターシャ、お前に俺の手綱を握らせたくはないのよ。

「私たちの仲間になれば、お前の持つギフトの秘密を守ってやることができるし……」

「ナスターシャさん。それは駄目っス」

「……ライナ？」

その時、勧誘に待ったをかけたのはライナだった。

「そういう誘い方は、なんか卑怯《ひきょう》っス。弱みを握ってるみたいで……なんか私そういうのは……ちょっと嫌いス」

「……そ、そうだろうか。私のこのやり方は……間違っていただろうか」

「はい。駄目っス」

「……そうか」

ライナに言われると、ナスターシャは見せたこともないような狼狽《うろた》え方をして黙り込んでしまった。

パーティー内でライナの発言権が強い……ってわけではないだろう。

ただ子供に真っ当な叱られ方をしてバツの悪い大人……俺には、困った顔をしたナスターシャがそう見えた。

「ちゃんと普通に誘った方が良いっスよ。それに……こういうのは急がない方が、モングレル先輩も良いっスよね？」

「ん。ま、そうだな」

パーティー加入ね。

まぁそりゃ、クランハウスが風呂つきとあれば気にならないわけでもないが。

風呂に入る自由よりも、俺が一人で色々と動ける自由の方がずっと大事だ。

なに、桶《おけ》にためた湯でちびちび洗うだけでも長年我慢できたんだ。我慢……。

「それはそれとして、今日風呂には入らせてもらうけどな」

「あははは、この流れでうちのお風呂には入りにくるんだねー」

「当たり前だ。正当な報酬だからな」

「……ふむ。わかった……まあ、いつでもいい。考えておいてくれ」

「ああ。前向きに検討させてもらうぜ」

「……なんか気のない返事っぽいスねそれ」

「おっ、ライナも俺のことよくわかってきたな」

「いや、別にそういうの嬉《うれ》しくないっス」

日が沈みはじめ、次第に空が薄暗くなり、そうしてようやくレゴールの街が見えてくる。

結局何とも戦うことのない、荷物を運んで往復しただけのつまらない任務だったが……

そんな仕事にも思いの外《ほか》、プロの技術は活《い》かされるんだなと、妙に感心した日ではあった。

# 第三十二話　失われた日常

「皆には迷惑をかけた。私の……未熟と、不勉強故だった。すまない」

ギルドに到着し報告を済ませた後、ブリジットは小さく頭を下げた。

森の中でキンキンに冷えていた鎧《よろい》もなんとか常温に戻して着込み、彼女は既にいつでも帰れる姿になっている。

……報酬を渡された時の呆気《あっけ》に取られていた顔はあれだな。すごかったな。

ブリジットの中では「もらっても良いのか？」という思いと「しっかり満額もらえてこれ？」という思いがあったことだろう。実際、今回の任務はショボすぎて誰もやらないレベルだからな。

もちろんブリジットのために用意された虚無なお仕事ではあるが、報酬額そのものは正規に算出されたものなのだから世知辛い。

やっすい宿に泊まって不味《まず》いポリッジを飲めるかどうかってとこかね。

「私は……家に戻り、もう一度家族と話すことにする。仕事についても、よく考えるつもりだ」

BASTARD・SWORDS-MAN

「そうしなさい。……貴女に合った道を、選べると良いわね」

「うむ。シーナ、貴女には助けられたな」

シーナは薄く微笑《ほほえ》んでいた。

ほとんど故意で挫折《ざせつ》させた相手にこのスマイル……すげー役者だよ。俺なら自責の念に負けて泣きながら「ごめんなぁ……！」とか言っちゃいそうだもん。

結局今回は最後の最後で俺もちょっとフォローしちゃったし。こういう仕事には向いてねーわ。

「もしも……あらゆることが駄目になって、何もかも失って路頭に迷うようなことがあったなら……ブリジット、その時は〝アルテミス〟を訪ねてきなさい」

「……ありがとう、シーナ」

これで終わりかな？　と思ったら、なんとブリジットは最後に俺の方へと向き直った。

「ええと、モングレル……だったか」

「お、おう」

誰かから名前を聞いたらしい。いやまぁ一緒に任務してたし知っててておかしくはないんだが。

「任務では、ありがとう。……私もまだまだなのだと、知ることができた。自然に対して無防備……確かに、剣士としては恥ずべきことだな」

「あー……まぁ、それは物の喩《たと》えってやつだよ」

## 第三十二話　失われた日常

ライナが横から〝なんで貴族嫌いとか言ってたくせに喋《しゃべ》ってるんスか〟みたいな目で見てきてるけど、俺だって好きで喋ってるわけじゃねーよ。

けどまぁ、これで最後だしな。相手の人となりもわかったし、もうそこまで怖いとは思っていない。

「けど俺としては、自然よりも偉い人相手の方がよっぽどこえーよ。……だから、頑張れよ。そっちの仕事もな。あっ、そうだこれ。拾ったの返し忘れてたんだ。ほれ」

「これは……あっ、私の認識票……」

ポケットに入れたままだったアイアンの認識票をブリジットに返してやる。まぁ、この認識票が再び必要になることなんてないだろうが……。

「……お前の王都での仕事がどうしようもなくなったら、まぁ。その時はギルドに来いよ。もちろん、簡単に諦めてギルドに来るべきじゃねえとは思うけどな」

「……ふふ。ああ。わかっている。投げ出さずに必ずやり遂げてみせるさ。……でも、貴方《あなた》たちギルドマンのことは決して忘れない。皆、本当にありがとう」

そうして、別れを告げたブリジットは貴族街の方へと帰っていった。

彼女の後ろ姿が見えなくなり、何とも言えない緊張が解ける。すると、俺たちは示し合わせたわけでもないのに揃《そろ》ってため息を吐《つ》いた。

いや、疲れるよこれ。ブリジットも大変だったろうけど、俺たち庶民の心労が……。

「本当に……気の進まない仕事だったわね」

「ほんとっスよ……」

「可哀想《かわいそう》だよねぇー……仕方ないんだろうけどさぁ」

面々の中で平気そうな顔をしているのはナスターシャだけだ。さっきから興味なさそうに爪をいじっている。

人の心とかないんか……？

「けどね、ギルドマンなんてあのくらいの歳《とし》でなるもんじゃないよ。せっかく良い仕事があるんだから、まずはそっちで頑張るのが普通だよ。私の子だったら引《ひ》っ叩《ぱた》いてるね」

まぁ、確かに。家庭を持つ母であるジョナにそう言われると、正論だなーと思う。親心としてはそうだよな。

……続けられるかどうかは本人の心持ちによるところがデカい。

貴族の護衛騎士なんて大変そうな仕事だけど、やれるとこまで頑張ってみてほしいもんだな。無責任な考え方だけども。

「やれやれ。〝アルテミス〟の仕事はいつも大変そうだな」

帽子を脱いで、包帯をスルスルと解く。

頭を覆い尽くす格好も冬場は悪くないけど、いつもと違うのは落ち着かねえや。

「モングレル先輩、この後うちらのクランハウスでお風呂入るんスよね？」

「ああ。けどその前に宿に戻らせてくれ。一度お湯をもらって来て身体拭いてくるわ」

「……？　え、お風呂入るんだよね？　なんでその前に身体を洗うの？」

「知らんのかウルリカ、他所様《よそさま》の風呂に入る前には身体を綺麗《きれい》にしておかなきゃいけないんだ」

「……？…？…？」

「聞いていた以上に変人なのね」

こらシーナ、そういう言い方は良くないぞ。

それに、準備する物だって色々あるからな。

「では、ここで解散だな。私は先にクランハウスに戻っていよう。湯の準備はしておくぞ」

「ありがてぇ。んじゃまた後で」

さあ、退屈で辛い時間はここまでだ。

久々のお湯を張った風呂、全力でエンジョイさせてもらうぜ！

「というわけではい、お風呂借りに来ました」

「早っ！　走って来たんスか⁉」

「楽しみすぎて走ってきたわ」

「宿屋で身体流したのになんで走って汗かくんスか……いや別に答えなくて良いスけど……」

〝アルテミス〟のクランハウス前ではライナが矢羽を割いていた。もう薄暗いんだから中に入ってればいいのに。

# 第三十二話　失われた日常

「ナスターシャさーん、モングレル先輩来たっスー」

「早いな。こっちに案内してくれないか」

「うっスー」

廊下を歩き突き当たりの方へ行くと、そこに〝風呂〟の看板が掛かった部屋があった。

中からは炎がボボボと揺れる音が聞こえている。どうやらナスターシャがここにいるらしい。

「中入ると脱衣所で、その奥がお風呂っス。モングレル先輩は綺麗好きなんでそんな心配してないスけど、くれぐれも汚さないように使ってほしいっス」

「わかってるさ。アメニティは一通り持ってきたし抜かりはねえ」

「アメ？　まぁそんな感じスかね。じゃあ、あとはナスターシャさんにお任せするっス」

忙しそうに廊下を走っていくライナを眺めてると、なんか和むな。

前世であんな女子にマネージャーやってもらいたかったわ。運動部入ってなかったけど。

「お邪魔しまー……おおー、すげえ湯気」

「ようこそ、モングレル。既に湯を沸かしたから、あとは入るだけだ。……パーティーメンバー以外を入れるつもりはなかったのだがな」

風呂は、俺の予想を良い方に裏切ってくれる出来栄えだった。

まず、ドラム缶風呂のような小さな物ではない。現代の家庭用のバスタブと同じ、足を辛うじて伸ばせる横長の造りだったことに驚かされた。

そして金属製ではなく、石造り。やべえ。露天風呂みたいでテンション上がる。

「……この、湯船の壁に埋め込まれている金属製っぽいこれは……」

「これか。これは私が開発した、魔法使い用の湯沸かし機構……とでも言おうか」

「開発⁉」

俺が驚くと、ナスターシャは得意げに口元を歪《ゆが》ませた。

「この中に生み出した火魔法の熱を、湯船の水に効率よく伝えるためのものだ。……私の腕前では、これを沸かすだけで魔力が尽きるがね。余裕のない時は焼き石を湯船に放り込んで足してゆく」

「いや……これは凄《すご》いな。凄い発明じゃないか」

「……ふ。ケイオス卿《きょう》ほどではあるまい。火魔法使いがいなければ扱えない器具など、売り物にはならんさ」

得意げなナスターシャの袖はずぶ濡《ぬ》れだ。沸かす作業中はどうしても濡れてしまうらしい。多分湯船の壁面についた器具でどうにかするせいだろう。

だが人一人で風呂を沸かせる。それだけですげえ発明だと思う。

もうお前がケイオス卿やったら良いんじゃないか？

「さて、私の仕事はひとまず終わりだ。あとはゆっくりと楽しむがいい。……モングレル、今日は助かった。礼を言う」

「気にするな、こっちこそ礼を言わせてくれ。ありがとうナスターシャ」

俺は荷物をまさぐり、そこから一本の陶器瓶を取り出した。

「……モングレル、それは？」

「これは中で飲むための冷やしたエール」

「……」

「そしてこっちの瓶が、風呂上がりに飲む冷やしたミルクだ」

ナスターシャは笑いを堪《こら》えるように静かに口元を押さえ、しばらくしてから誤魔化《ごまか》すように苦笑してみせた。

「喜んでもらえて何よりだ。風呂の中で溺死するのだけはやめてくれよ」

「もちろん」

そう言って彼女は脱衣所から出て行った。

残されたのは俺一人。

……久しぶりの、温かな風呂だ。

「……ッ！」

ガッツポーズ。そして超速脱衣。

そして何度か湯船のお湯で身体と頭を流した後……中にドボン。

「……ぁあ〰〰〰」

全身が熱に包まれ、これまで深く意識することもなかった肌の細かな傷がヒリヒリする。

痛いといえば痛い。だがこれこそが、気持ちの良い痛みというやつなのだ。

桶《おけ》に張ったお湯だけでは拭えなかった何かが湯船に溶けていくこの感覚。

その反面、顔に感じる冬の寒さ。

全身に感じる何もかもが懐かしく、涙が出そうになる。

俺は誤魔化すように陶器瓶を呷《あお》り、またじじくさい息を吐いた。

「あ～……エールがうっすいなぁ……」

この国に温泉はないらしい。少なくとも、俺の調べた限りでは。

あるとしたら連合国か、聖王国か……俺のスケールじゃ、遠い果ての果ての話だ。そもそもあるかどうかもわからない。

食は工夫できる。衣類も自分用だけならどうにか誤魔化せる。

住環境も寝泊まりだけなら苦労することはない。

だが、風呂は。前世で当たり前のように入っていたこれだけは、あまりにも価値や重みが違いすぎた。

水と燃料の壁が、あまりにも高すぎるせいで。

だが俺は今、どうにかここで昔のように、湯船に浸《つ》かれている。

「帰りてえよ……」

普段は絶対に出さないようにしている弱音が漏れるくらい、この時の俺は脆《もろ》く、熱い湯に溶かされていた。

間違いなく幸せな一時ではあるはずなのにな。

# 第三十三話　乙女たちの夕食

◎ ◎ ◎

BASTARD・SWORDS-MAN

「帰りてえよ……」

扉の向こう側から聞こえてきたモングレルさんの呟《つぶや》きに、私は固まってしまった。

私はただ、身体を拭くタオルを置きにきただけなのに……彼の想《おも》いを、聞き取ってしまったのだ。

「……」

すぐに脱衣所から出て、静かに扉を閉める。

罪悪感が湧き上がってくる。

……モングレルさん、前に狩人酒場《かりうどさかば》で話してくれた時は過去の出来事を気にしてないって、言ってたのに……。

あれは強がってたんだ。弱ってる姿を私に見せたくなくて、嘘《うそ》をついて……本当は故郷に帰りたいって思ってるんだ。

それは、そうだよね。誰だってそうだよ。でもモングレルさんの故郷は、もう……。

「はぁ……私、またあの人の事情に踏み込んじゃったな」

盗み聞きするつもりなんてなかったのに、知ってしまった。……誰かに言いふらしたりなんてもちろんしないけど、でも私自身は……見て見ぬフリなんてできないよ。

「私がモングレルさんのこと、元気付けてあげないと……」

モングレルさんにとっては私なんてまだまだ他人だろうけど……この街にも親しくできる相手がいるんだって、彼に思ってもらえるようになりたいな。

もっと仲良くなって、色々話したり遊んだりしよう。

少しでもモングレルさんの寂《さび》しさを取《と》り除《のぞ》けるように……。

「遅かったわねウルリカ。……モングレルに変なことされたりしてない？　大丈夫？」

「だ、大丈夫だよ。ていうか変なことって……もう、団長ったら」

暖炉《だんろ》の前に戻ると、シーナ団長はランプの前で〝アルテミス〟の帳簿と睨《にら》めっこしていた。真面目《まじめ》だなぁ。

既にみんなローテーブルについて談笑している。

フリーダさんが作ってくれた晩御飯、私も食べなくちゃ。

「ブリジットさん、どうなるんスかね」

「んー、ライナはやっぱり気になるんだ？」

「そりゃ、なるっス。あの人、王都での仕事大丈夫なんスかねぇ……」

「女性騎士としては花形の仕事よ。それを早々に蹴るようなら、同情する余地はないと思うけどね」

「まーそうなんスけど。……実際に会って少し話してみると、貴族なのになんか、普通に良い人だったじゃないスか。だから私、ちょっと今回の任務は気が重かったっスよ……」

「わかる。私も途中何度も声かけちゃいそうになったもん。……たまに依頼で来る貴族とは雲泥の差だよねぇー」

実のところ、ブリジットさんのようにギルドマンを志す貴族は他にいないこともない。ただほとんどの場合、ブリジットさんとは比べ物にならないほど横柄で、問題のある人が多いのだ。

「あれだけ実直な性格なら、王都でも十分やっていけるわよ」

「ほんとっスか、シーナ先輩」

「私がライナに嘘をついたことある?」

「……えー、なんかたまにある気がするんスけど」

「あははは」

しばらくそんな話をしていると、脱衣所の方の扉が開く音がした。

モングレルさんが出てきたんだ。

「上がったみたいね」

「なんか、うちらのクランハウスに他の男の人がいるのって不思議な感じスね」

「わかるわぁ。私の旦那を上げることだってほとんどないのにねぇ」

「……でもシーナ団長は、これから……男の人も、入れていくつもりなんですよね」

「ええ、まあ。少しずつね」

私以外の男の人か。……結構心配になるけど、これからも〝アルテミス〟が活躍していくためにはそういう改革も避けては通れないよね。

男の人、話す分には良いけど同じ屋根の下っていうのは……うーん、怖いなぁ。みんなもそう思ってるだろうけど。

でもそういう時、モングレルさんほど優しくて面白い人だったら全然いいかな……なーんて。

「よーっす。湯加減良かったぜ。ありがとうな」

廊下からモングレルさんが顔を出した。

普段から汚い印象なんてない人だったけど、お風呂に入ってさらに清潔そうな姿になった……ように思う。たぶん。

「楽しんでもらえたならば何よりだ。約束は後一回だが、いつ入るかは……まだ決めなくても良いか」

「ああ、ここぞという時のために取っておいてくれ。そっちの都合の悪い日は避けるようにはするからな」

「律儀だな。ああ、わかった」

「モングレル先輩、良かったらご飯どうっスか。フリーダさんの作ってくれたパンがあるんスけど」

「いや、そこまで貰《もら》っちゃうのは悪いよ。そんなに腹減ってないしな」

「そっスか……」

ライナがご飯のお誘いをしたけど、すげなく断られてしまった。

うーん。やっぱりまだ壁を感じる。警戒……してるんだろうな、私たちのこと。ナスターシャさんの勧誘の時もそうだったし。

「じゃあまたな」

「ええ、次もまた何かあれば誘わせてちょうだい」

「面倒な任務以外で頼むぞ。お前たちの受ける仕事は心臓に悪い」

そう言ってクランハウスを出て行ってしまった。

「……心臓に悪いって何よ」

「あはは。モングレルさんは本当に貴族が苦手なんだね」

「怯《おび》えすぎだと思うがね」

「そういう人スから」

貴族が苦手、かぁ。……過去に色々あったせいで、大変なんだろうな。

ハルペリア軍に徴発されて、サングレール軍に村を滅ぼされて……苦手にもなるよ、そんなの。

でも、だとしたらシーナ団長やナスターシャさんのことも苦手なのかな。……二人の事を知ったら、〝アルテミス〟とも距離を取っちゃうのかな。

そうなったら嫌だな。私だってちょっと寂しいし、何よりライナが可哀想《かわいそう》だ。

どうにかもう少し、親密な関係を築けたら良いんだけど。

「そういえばシーナ先輩、冬の昇格試験で新人の人を拾うかもって言ってたやつ、あれどうするんスか」

「ああ、昇格試験ね。一応見るだけ見るわよ。今年はアイアンクラスが多かったから、把握できてない子もいるだろうしね」

あ、そうだ。昇格試験か、それもあったね。

ここしばらくはライナの訓練とかで忙しかったけど、もうそろそろライナにも後輩と呼べる相手がいてもいいかもしれない。

〝アルテミス〟は近接役が少ないから、できればその方面の新人を雇えたら良いんだけど。

これればかりは実際に見てみないとわからないいんだよね。

「ライナは後輩ができるの楽しみなんだー？」

「いやー、私なんてまだまだっス……弓のスキルだって一つしかないし。ウルリカ先輩みたいな強いスキルを身につけたいっス」

「ふふ。強射《ヘビーショット》ならそのうち習得できるかもしれないわね。もちろん、そのためには練習と実戦あるのみよ」

「っス」

「けどライナよりスキル持ってる新人が入って来たりしてねー？」

「いやー……それは厳しいっスね、立つ瀬がないっス……」

「あはは」

冬。肌寒く、やり過ごすばかりの季節だけど。

新しい出会いがあるかもって思うと、結構楽しみだよね。

# 特別書き下ろし番外編 アルテミスのオーガ退治

その日の朝、うら若き女性ギルドマンたちが南部馬車駅に集まり、衆目を集めていた。清潔な装《よそお》いに、よく整えられた装備品。見目麗しい乙女《おとめ》たちによる凄腕《すごうで》の狩猟パーティー、〝アルテミス〟の面々である。

護衛でも討伐《とうばつ》でも高難度の任務を鮮やかにこなし、特に貴族からの依頼にも柔軟に対応できるという点においては他の追随を許さない。レゴールのギルドマンであれば知らない者はいない花形パーティーだと言えるだろう。

「ごめんなさーい、遅れちゃったー！　やー、ごめんね。まさかこんな寸前で買い忘れに気づくなんて……」

「ウルリカ先輩、遅刻《ちこく》っスよー」

「全員集合したようね。さあ、馬車を待たせているから乗りましょう。ベイスン方面行きはすぐ出るわよ」

馬車に集まったのは現在〝アルテミス〟の主要メンバーとして活動している五人。年若く、しかし腕前は既に非凡な精鋭ばかりである。

BASTARD・SWORDS-MAN

彼女たちが荷台に乗り込むと、馬車はすぐさま目的地に向けて出発した。〝アルテミス〟の次の任地はルス村だ。レゴールからは馬車で三日ほどかかる、長閑《のどか》な村である。

「ルス村に着いたら駐在ギルド員と村の顔役に挨拶してから、詳しい話を聞きましょう。今回のターゲットはホブゴブリンだと言われているけど、後から獲物が違っていたなんて話はよくあるわ」

〝アルテミス〟団長にして正確無比な弓スキルの使い手、〝継矢《つぎや》〟のシーナ。ゴールドランクのプレートは伊達《だて》ではなく、弓の腕前だけであればレゴールのあらゆる正規兵すら凌駕《りょうが》するだけの実力を持っている。

「ホブゴブリン……ルス村って養蜂場《ようほうじょう》のある所っスよね。ゴブリンも蜂蜜《はちみつ》を舐《な》めたりするもんなんスかねぇ」

同じく弓使いのライナは〝アルテミス〟の新入りであり、未《いま》だにランクはブロンズだ。しかしギルドマンとして参入してからたった一年程度の活動でブロンズ3にまで上り詰めたのは、狩人《かりうど》としての生活で培《つちか》われてきた射撃能力の賜《たまもの》であろう。

素直で努力家な性格で、パーティー内ではよく可愛《かわい》がられている。

「蜂蜜かー、ルス村に着いたら蜂蜜も買いたいなー。あ、向こうにはサウナもあるんだって！　任務が片付いたらそこらへんもチェックしたいよね！」

ウルリカはライナの先輩に当たる弓使いであるが、〝アルテミス〟における唯一の男性だ。しかし優れた容姿と女装の技術を持っているため、パーティー外で彼の正体を看破した者はほとんどいない。

ライナと同じく狩人として生活してきた期間が長いために弓術においては卓越した技術を持ち、威力の高い弓スキルを持つためパーティーでの討伐任務では度々火力で貢献している。

「サウナ……良いですね。お、終わったら、入って……みたいです。はい……」

ゴリリアーナは〝アルテミス〟内では珍しい近接役の女性剣士である。ロングソードをも凌駕する刃渡りの大半月刀《グレートシミター》を軽々と振り回し、遠距離攻撃に偏重したパーティーメンバーに近づく敵を処理するのが彼女の役目だ。

男と見紛《みまが》う大柄《おおがら》な体格の割に気弱なところがあり、パーティーメンバーからは可憐《かれん》な女性として認識されている。

「ふむ。サウナか……悪くない。任務が終われば労《ねぎら》いとして利用しても良いだろう」

副団長のナスターシャは〝氷壁〟の異名を持つゴールドランクのギルドマンであり、水魔法を得意とする魔法使いだ。

魔道具の開発や研究が趣味であり、その頭脳でシーナの右腕として彼女をよく補佐している。

「みんなサウナに興味あるのね……わかったわ。任務が終わったら、なんとか時間を作って利用しましょうか」

「わぁい。楽しみっス！」

少数精鋭の実力派パーティーである。が、彼女たちは皆年頃であり、美容には特に気を遣う乙女でもある。任地に身を清めるスポットがあれば、興味をそそられるのも当然ではあった。

しかしいざルス村に到着してみると、そんな彼女たちの目論見《もくろみ》はすぐさま挫かれることとなる。

「ああ、お嬢さんたちサウナ入りたかったんか。悪いねぇ……今あそこは外壁が壊れてるもんでさ、使えんくなっとるんよ」

「そ、そうなのですか……」

ルス村の住人が言うには、目当てのサウナ小屋は例のホブゴブリンによって壊されてしまったのだという。木製の壁板が力任せに剝がされており、地元の人間はその破壊痕《はかいこん》を見て近づかなくなってしまったのだとか。

「修理用の板は用意してあるんだがねぇ。どうもホブゴブリンは大物っぽいから、迂闊《うかつ》に近づけねえのよ。ギルドの人ならそれ、なんとかしてくれるんでしょ？」

「ええ、村からの依頼ですからね。すぐに対象を捜索し、発見次第討伐に当たらせていただきます。我々〝アルテミス〟にお任せください」

「おおー、頼むよ。駐在のギルドの人もね、今回の依頼は腕の立つ人に頼んだ方が良いって言うから、結構なお金を支払ってるんだ。しっかり、お願いね」

村からギルドに出される依頼は村の共有資金から捻出《ねんしゅつ》される。村人たち一人一人の積立金を崩して出された依頼なのだ。結果を出せなければ逆恨《さかうら》みとはいえ、村人たちからの恨みを買ってしまうことになるだろう。

「ホブゴブリン許せないっス！」

「ほんとだよもー！　せっかく遅刻してまでサウナ用のオイルを買ったのにさぁっ！　もー目ん玉撃ち抜いてやるんだからっ！」

「……可能な限り早急に、仕留めたいですね……！」

そうでなくとも、目的としていたサウナを壊した下手人《げしゅにん》が討伐対象だというのだから〝アルテミス〟のやる気は十二分である。

「そうね……さすがの私も、こういう出鼻《でばな》の挫かれ方は好きじゃないわ。早速調査に入りましょうか」

「うっス！」

「絶対に寝床を突き止めてやるんだからぁー！」

そうして〝アルテミス〟によるホブゴブリンの捜索が始まった。

問題のサウナ小屋は村外れの川沿いに建てられており、近くにはサウナに使う燃料用の木材調達のためか、林に隣接していた。豊富な燃料と水。いずれもサウナのためには欠かせない要素であるが、それだけに人の生活圏からはやや遠く、そのせいで魔物の被害に遭ってしまったようである。

「壁の板が剝がされているわね。……結構しっかりした造りなのに」

「大きな個体であっても、ホブゴブリンの体格で壊すのは難しい気もするな。……シーナ、今回の獲物はホブゴブリンではないかもしれんぞ」

「……捜査効率のために手分けしようと思ったけど、予定変更ね。なるべく全員で固まったまま行動しましょうか」

「りょ、了解です。皆さんを守ります……！」

ギルドに出される討伐依頼は、必ずしもその内容が正しいとは限らない。中には討伐対象が全く違う魔物であることも珍しくはないのだ。これは種類の多い人型魔物であればよくあることである。

「村の人に聞き取りしてみたけど、いつの間にか養蜂箱が壊されてたりしたんだって。新しく開発された箱が壊されたって、すっごい怒ってたよー」

「っス。でも姿を見たって人はいないっぽいっスね。ただ残ってる足跡から、大きなホブゴブリンなんじゃないかって言ってるみたいっス」

「……獲物は頭が良いわね。ホブゴブリンにしては慎重で、力も強いわ」

シーナはサウナ小屋の周辺を調査し、近くで大きめの足跡が林の中に続いているのを発見した。ホブゴブリンよりも一回り大きく、固い土が体重によって深く沈んでいる。

「これはサイクロプスか……オーガを警戒すべきでしょうね」

「えっ、サイクロプス……それに、オーガっスか……⁉」

聞いたことはあれど、身近ではない魔物の名前に竦《すく》み上《あ》がったのは新米のライナであった。両方とも人を食い殺す恐ろしい魔物であり、親が子供を叱る時の常套句《じょうとうく》にさえなるような恐ろしい存在だ。

実際、サイクロプスもオーガもブロンズランクが相手をするような魔物ではない。シルバーランク以上のギルドマンが複数で挑むような相手だ。まだ動物を狩猟する狩人としての意識が消えないライナにとっては、別世界のような生き物であった。

「確かにどちらも厄介《やっかい》な魔物よ。特にオーガは力も強ければ知能も高い……けれど、どちらの魔物も生き物である以上、弱点はあるわ」

シーナが片目を閉じ、瞼《まぶた》を指で叩《たた》いて見せる。人型の魔物に共通する弱点。そこを狙えばいかに強大な力を持つ相手であっても無事ではいられないだろう。

「脅威を過小報告したルス村の代表には思うところもあるけれど……これも良い機会かもね。そろそろライナも、格上と戦ってみましょうか」

「え、ええーっ！　ま、マジっスか……！　ハッキリ言ってまだそういう魔物は無理っスよ……！」

「大丈夫、私たちがついているわ。なにもライナ一人で戦うわけじゃないんだから、安心しなさい。危なくなったらカバーしてあげるから」

「えへへ、そうだよーライナ。もしも大事な場面でライナが矢を外すようなことがあっても、私が二の矢で仕留めてあげちゃうから！」

「む……な、なんかそう言われると負けてられないっスね……！　……でもウルリカ先輩、もしもの時はお願いするっス」

「そこは最後まで強気を貫きなよー」

サウナ小屋と養蜂箱を破壊した魔物は想定よりも大物。その想定をした上で、〝アルテミス〟は万全の体制を整えて林の中へと入っていった。

スカウト能力に優れたシーナが先頭を進み、近接役のゴリリアーナがそのすぐ後ろで剣の柄を握り、周囲に睨《にら》みを利かせる。

村人たちがサウナ小屋の周辺に近寄らなくなってから日が経《た》っているためか、林の中に残る足跡はよく目立つ。特に強大な頂点捕食者の痕跡《こんせき》は、驚くほど簡単に特定できた。

「数は一体ね。川沿いによく顔を出してるみたい。我が物顔で遠慮なく歩いているわ」

「だねー。ここらへんの林は広くないから、多分こいつが一番厄介な魔物になってるのかなー……私たちの蜂蜜まで食べちゃって、絶対許さないんだから」

「ウルリカ先輩、恨みを引きずるタイプっスよね……あ、足跡はこっちに続いているみたいっス」

「ええ。……慎重ではあるけれど、大柄なだけに気配や足跡を完全には消せていない。春や夏だったらまだわからなかったけれど、秋は分が悪いわね」

踏み潰されて折れた落ち葉が、足跡の縁で直角に立っている。ただ落ち葉が積もっただけでは生まれ得ない秋の痕跡だ。優秀な狩人にとって、秋の地面は対象の痕跡を色濃く残してくれる。

しばらくそのように足跡を追い続け、シーナが矢筒から矢を一本取り出し、更に念入りに気配を探り……やがて〝アルテミス〟一行は、湾曲した小川の砂辺に奇妙な人影を発見した。

「いた」

簡潔なシーナの言葉。だが言われるまでもなく、パーティーメンバーの全員がその大柄な人影をはっきりと視認できていた。

「で、でかいっス……！」

「あれ……サイクロプスじゃないよね……うわぁー……」

「間違いなくオーガだな。やれやれ、村の連中め。私たち〝アルテミス〟でなければ大惨事だったかもしれんぞ」

「さあ、どうかしらね。これを見越して私たちに依頼を出したのかもしれないわよ」

川の砂地の上には、一体のオーガが鎮座していた。身の丈は二・五メートルほどはあるだろうか。額からは二本の角が伸び、目つきは悪人のように険しく、下顎は厳しくしゃくれていた。

オーガは既に〝アルテミス〟の接近に気付いている。オーガは砂地に胡座《あぐら》をかいたまま顔だけを彼女たちに向け……殺気立っているように、肩で荒く息をし始めている。

「オーガは魔力の波動を視認できる魔物だ。今の奴《やつ》は私たちをか弱い獲物程度としか認識していないだろうが、私たちがスキルを使った時、奴は間違いなく私たちを敵と認識して動き始めるだろう」

「！　そ、そーなんだ……あっぶな……使いそうになっちゃった……」

「それでも、いつかは誰かがスキルを使わなきゃいけないでしょう。とりあえず、私が先制攻撃をするわ。ゴリリアーナは接近戦に備えて」

「は、はい……！」

相手がわざわざ油断しているのであれば、それを利用しない手はない。シーナは弓に矢を番《つが》え、それを空へと向けた。

「〝曲　射《アーチショット》〟」

真上に向けて放たれた矢が、当然のごとく空へと消える。一見すると意味不明な射撃だ。しかし今の射撃に魔力が込められていたことを見抜いたオーガは、素早く傍らに置かれていた木剣を手に取った。

「グォオッ！」

「！　木剣で防がれた……って、あれってサウナ小屋の壁材じゃないの……！」

上空からアーチを描いて奇襲する弓スキル〝曲　射《アーチショット》〟。しかしその一撃は、オーガが真上に振りかざした巨大な木剣によって防がれてしまった。

「し、しかも二刀流っスよ⁉」

「粗雑な木刀だが、幅は広く長さもある。矢を防ぐのに最低限の用は足すらしいな……厄介だ」

「オーガが動くわ！　ナスターシャ、守りを固めて！」

「ああ……〝凍てつく逆茂木《コーラルアベイト》〟！」

「グオオオッ！」

怒れるオーガが動き出し、巨大な木剣を両手に駆け寄ってくる。ナスターシャは前方の地面に馬防柵《ばぼうさく》のような無数の氷の棘《とげ》を生成するが、オーガは器用にそれを避けるようなルートに軌道修正し、接近を試みてきた。

「■■■■■■ーッ！」

「……グゥウッ！」

しかし防御のための魔力を身に纏《まと》ったゴリリアーナを見て、飛び込みを躊躇《ちゅうちょ》する。彼女の気迫と発せられる強大な魔力の波動に、強行突破の不利を確信したのだろう。そしてそれは、〝アルテミス〟にとって大きな隙だった。

「隙あり！　〝強射《ハードショット》〟……！　ってうわ、避けられた!?　ちょっと、なんで私の避けるわけー!?」

「ウルリカ、相手は魔力を見ているのよ。受けるべきか避けるべきかは看破されてると思った方が良いわ……弓持ち全員で一斉に撃つわよ！　ライナも、良いわね！」

「う、うっス！」

ライナが〝照星《ロックオン》〟を発動し、恐怖による手ブレを強引に抑え込む。一瞬ライナの目つきに魔力の動きを察知したオーガであったが、ナスターシャが放つ氷魔法による牽制《けんせい》にすぐさま意識を奪われた。

迂闊に近づけばゴリリアーナの持つ巨大なグレートシミターとかち合うことになり、このオーガはそれは己の不利であると悟っている。だが同時に、後衛で弓を構える人間を始末しなければならないことも、この聡《さと》いオーガは理解しているようだった。

「いつでも撃てるよー！」

「わ、私も……撃てるっス！」

「合図を出すから、三人で一斉にいくわ！　ライナは目を狙って！　三、二、一……撃てッ！　〝光条射《レイショット》〟！」

「〝強射《ハードショット》〟！」

オーガは魔力の波動を視認できる。それは、スキルによって込められた威力や危険性をそのまま本能的に把握できるということでもある。

そこに脅威の動体視力と運動能力が加われば、目にも留まらぬ速度で放たれる矢弾でさえも避け、受けることは可能であった。

最も警戒すべきはウルリカが放つ高威力の〝強射《ハードショット》〟。木剣で防ぐことの出来ないこれに対し、オーガは躊躇なく回避を選択した。

だが回避した場所に向けて飛来する三本の矢。恐るべきことに三本同時にシーナが放ってみせたこの攻撃は、オーガにとって木剣で受けきれなくもない威力の攻撃であった。

急所を狙っていた二箇所の矢に対し、二本の剣で打ち払う。避けきれなかった一本はその身を抉《えぐ》ったが、肩肉の表層を傷つけたのみ。強靭《きょうじん》な体力を持つオーガにとっては軽傷にもならない掠《かす》り傷《きず》だ。

そして最後にライナによって放たれた一本の矢は、オーガにとって全く危険なものではなかった。

何故《なぜ》ならばオーガは自身の身体を強い魔力で覆っており、常に身体強化が働いている状態に近い。人間で言えば頑丈な革鎧《かわよろい》を身に纏っている状態であり、それは通常の弓矢であれば急所に届く前に受け止めきれるだけの防御力を有することを意味していた。

危険性の低い弱い攻撃。避けるまでもなく、受けるまでもない。だから一切気にも留めていなかったのだ。

「グ、ァアッ……⁉」

それが己の眼球を穿《うが》つ、致命的な一矢であることも知らずに。

「当たった……！」

「グ……ォオ……」

頑強な肉体を持つオーガといえど、眼球に強い防御力があるはずもなく。深々と脳にまで達したライナの一矢は、オーガを速やかに仕留めるに至った。

「念のため、もう一発。……うん、魔力による防御も消えた。仕留めたわね」

力なく横たわったオーガの心臓に更に一撃を打ち込んで死亡を確認したシーナは、そこでようやく深い息をついた。

「……やったじゃない、ライナ。最高の狙いだったわよ」

「あ、あはは……わ、私がオーガを仕留めちゃったんスか……」

「すごいすごい！　すごいじゃんライナ！　おめでとー！」

「わわわ、わぁ⁉」

威力系スキルもなしに成し遂げられた大物狩り《ジャイアントキリング》。

それは狩人にとってもギルドマンにとっても誉れであり、記念すべき偉業だ。

未だ呆然《ぼうぜん》としていたライナにウルリカが抱きついて、ゴリリアーナもまた我が事のように嬉《うれ》しそうに微笑《ほほえ》んで、その上から二人を抱きしめる。

「……ふ。これで少しはライナにもギルドマンとしての自信がついたか」

「ええ、そうね。……けど、これは別に私たちが不自然に仕組んだ舞台というわけでもない。このオーガの目を射抜いてみせたのは、間違いなくライナ自身の実力によるものよ」

ナスターシャとシーナは大金星に喜び合う三人を眺め、表情を綻ばせた。

「ライナはこれから成長するでしょうね。……楽しみだわ、あの子が二つ目のスキルを手に入れるのが」

素直で、努力家で、小動物的な愛くるしさがある。最年少の後輩ということもあり贔屓《ひいき》目《め》に見ている部分はもちろんあったが、シーナは同じ弓使いの先達として、彼女の真っ直ぐな矢がどのように成長してゆくのかが楽しみでならなかった。

オーガの討伐を報告すると、ルス村の顔役と駐在ギルドマンは喜びとともに、それ以上の驚きを隠せず、また危険な任務の発注であったとして、深々と謝罪した。

彼らも薄々ホブゴブリンに収まらない何かがいるとは思っていたが、まさかオーガほどの危険な魔物がいるとも思っていなかったのだろう。

報酬は十分に上乗せされ、村は〝アルテミス〟を手厚く歓待することで誠意を示した。特にその日出された鶏肉《とりにく》の蜂蜜焼きなどといったごちそうは、彼女らの機嫌を直すのに十分な効力があったようである。結果として被害もなく終わったので、パーティーの方針としてそれ以上村を責めるようなことはしなかった。

何より、サウナ小屋を破壊した元凶たるオーガが仕留められたことにより、その日のうちに村の有志の手によってサウナ小屋が復旧したことも大きいだろう。

「はぁー……蒸気がむわっとして、これはなかなか……良いっスねぇ……」

「ク、クランハウスのお風呂も良いですけど……サウナも、良いですね……！　大急ぎで直してくださった村の方々には、感謝です……！」

その日の夕暮れ前にサウナ小屋の壊れた壁面は修繕され、〝アルテミス〟はサウナ浴《よく》を満喫していた。

クランハウスに自前の浴室を持つ彼女たちであったが、立ち上る蒸気の暑さやハーブの香りなど、普段は体験できない入浴を楽しんでいたようだ。

「ふふふ……ま、せっかくライナがオーガを仕留めたのだから、このくらいの待遇でもてなしてくれないと、ね」

「ああ、今日は祝いの日だな。さあ、ライナ。この枝葉を使って扇《あお》いでやろう。私が書物で得た知識によれば、こうすることで熱気を楽しめるらしいぞ？」

「うわーっ！　あっつ！　あっついっス！　ナスターシャさんそれ息できないっス！」

「ふふふっ。楽しいけれど、のぼせないように気を付けるのよ？」

女同士の裸の付き合い。緊張感のある任務の後の和やかな団らんの一時である。

しかしサウナの区切られた別室では、〝アルテミス〟唯一の男性であるウルリカが、一人寂《さび》しそうに足をぶらつかせていた。

「うー……仕方ないとはいえ、私一人だけは寂しいよぉー……私も誰かと一緒にお風呂入りたーい！」

「なんか隣からウルリカ先輩の声が聞こえたっス？」

「ふ、ふふ……気のせいじゃない……？」

「もぉーっ！」

〝アルテミス〟唯一の男性ギルドマン。本人がそうした立ち位置を気にしていないとはいえ、こういった場面ではやはりどうしても孤立してしまうのが悩みどころである。

そろそろ〝アルテミス〟も、ウルリカの他にも男性ギルドマンを加入させるべきであろうか。シーナは暖かな湯けむりの中で、そんなことを思うのであった。

あとがき

はじめまして。『バスタード・ソードマン』の著者のジェームズ・リッチマンです。

この度はバッソマンを手に取っていただき、本当にありがとうございます。


バッソマン第一巻、いかがでしたでしょうか。お楽しみいただけたなら何よりです。

この第一巻では、主人公モングレルが異世界の都市レゴールでうだつの上がらないギルドマンとして生きていく……その空気感を味わっていただけたかと思います。

何かイベントが起こるようで、起こらない。何かが始まるようで、そんなに始まらない。

ファンタジーでありつつも、非日常ではなく日常が存在する世界。

それがバスタード・ソードマンという作品の肝《きも》の部分だと思っています。

少し殺伐《さつばつ》としつつ、それなりの日常が存在する異世界。そこで生きる現代日本の価値観を持ったモングレルの物語を、これからも楽しんでいただければ幸いです。


もし次の巻が出るようであれば、そこではまたもう少し世界観が広がり、賑やかなキャラクター達も増え、彼らのあの……こう、馬鹿騒ぎする様子が見られることでしょう。

一巻のこのスローライフ的なファンタジーの流れを見るに、きっとそれを踏襲《とうしゅう》するようなほのぼの殺伐エピソードが中心となるのでしょうね……いやぁ間違いない……。

二巻がどこからか湧いてきましたら、是非ともそちらも手に取っていただければ嬉しいです。

是非とも本を購入して、リッチマンをよりリッチにしてくださいね。


最後に謝辞を。当作品を作るにあたってお力添えいただいた編集部の皆様。お忙しい中素敵なイラストを描いてくださったマッセダイチ様。素晴らしい推薦文とコメントを寄せてくださった希《まれに》様。執筆にあたって様々な面で支えていただいた恵《え》ノ島《しま》すずちゃん、情《じょう》緒《ちょ》不《ふ》安定《あんてい》ゾンビ様、捕食者《ほしょくしゃ》様、ａｌｃｏｈｏｌガスキー様、古代種《こだいしゅ》み様、豆腐《とうふ》様、美味《おい》しそうなにくまんちゃん。そしてＷＥＢ連載版からお付き合いいただいているハーメルン読者の皆様、小説家になろう読者の皆様、本当にありがとうございました。重ねてお礼申し上げます。

それでは皆様、またお会いしましょう。

# バスタード・ソードマン

2023年5月30日　初版発行

著　者　ジェームズ・リッチマン
イラスト　マツセダイチ
発行者　山下直久
発　行　株式会社KADOKAWA
〒102-8177 東京都千代田区富士見2-13-3
電話 0570-002-301(ナビダイヤル)

編集企画　ファミ通文庫編集部
デザイン　横山券露央、倉科駿作(ビーワークス)
写植・製版　株式会社オノ・エーワン
印　刷　凸版印刷株式会社
製　本　凸版印刷株式会社

●お問い合わせ
https://www.kadokawa.co.jp/(「お問い合わせ」へお進みください)
※内容によっては、お答えできない場合があります。
※サポートは日本国内のみとさせていただきます。
※Japanese text only

 ISBN978-4-04-737441-6 C0093　定価はカバーに表示してあります。

# アラサーがVTuberになった話。

Around 30 years old became VTuber.

とくめい [ Illustration ] カラスBT

「書籍化不可能」といわれた異色作がまさかの刊行!!!

アラサーがVTuberになった話。
Around 30 years old became VTuber.
とくめい
[Illustration] カラスBTK
シスコンじゃん
こいついつつも燃えてるな
同期が初手解雇は草

**STORY**

過労死寸前でブラック企業を退職したアラサーの私は気づけば妹に唆されるままにバーチャルタレント企業『あんだーらいぶ』所属の**VTuber神坂怜**となっていた。「VTuberのことはよくわからないけど精一杯頑張るぞ!」と思っていたのもつかの間、女性ばかりの『あんだーらいぶ』の中では**男性Vというだけで視聴者から叩かれてしまう**。しかもデビュー2日目には**同期がやらかし炎上&解雇の大騒動に!**果たして**アンチばかりのアラサーV**に未来はあるのか!? ……まあ、過労死するよりは平気かも?

Comment
シスコンじゃん
Comment
こいついっつも燃えてるな
Comment
同期が初手解雇は草

スキル《ダンジョン生成》を使ったら、最強魔王六人の主になっていた!?
activation
{ Dungeon Generation }
未実装のラスボス達が仲間になりました。
The unimplemented end-stage enemys have joined us!
Author ながワサビ64
Illust. かわく

修太郎と
魔王たちの邂逅は、
デスゲーム世界の
希望となるのか!?
《START: DEATH GAME》
ゲーム内に
閉じ込められた
プレイヤーたちも、
それぞれの思いを
賭けて奔走する!!
The unimple mented end-stage enemys have joined us!
contract: ( BOSS MOB )
The Six Demon Kings and the Lord of the Dungeon

月汰元
[イラスト]
himesuz

朝起きたら
探索者《シーカー》に
なっていたので
ダンジョンに
潜ってみる
いかぽん
[ Illustrator ] tef
ダンジョン総合案内
ジョン用武具店

# 都会と田舎！
# 理想の異世界生活!!

STORY

社畜である二重暮人はある日、
神的な存在によって異世界に転移させられてしまう。
いきなり異世界に放り出された暮人であったが、
授けられた空間魔法——転移を使った商売で
すぐに生活を安定させることに成功。
しかし、前世と変わらない仕事ばかりの
日常に徐々に不満を募らせていく。
そんな時、暮人が思いついたのは転移魔法を使った二拠点生活！
のんびりしたい時は田舎で釣りをしたり農業をしたりの自給自足。
飽きれば王都で仕事をしたり、友人と名店を巡ったり。
暮人の充実した二拠点生活の行く末は——？

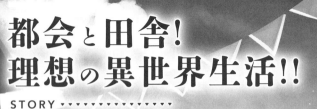

異世界ではじめる二拠点生活
～空間魔法で王都と田舎をいったりきたり～
著：錬金王
イラスト：あんべよしろう
B6判単行本
KADOKAWA／エンターブレイン 刊
KADOKAWA
enterbrain

リアデイルの大地にて
目覚めたのは
200年後の未来!?
かつて自らが成したこと、
そして仲間たちの
軌跡を辿る旅の果てに
あるものは――。
STORY
事故によって生命維持装置なしには生きていくことができない身体となってしまった少女“各務桂菜”はVRMMORPG『リアデイル』の中でだけ自由になれた。ところがある日、彼女は生命維持装置の停止によって命を落としてしまう。しかし、ふと目を覚ますとそこは自らがプレイしていた『リアデイル』の世界……の更に200年後の世界!? 彼女はハイエルフ“ケーナ”として、200年の間に何が起こったのかを調べつつ、この世界に生きる人々やかつて自らが生み出したNPCたちと交流を深めていくのだが――。
著:Ceez
イラスト:てんまそ
B6判単行本
KADOKAWA/エンターブレイン 刊
KADOKAWA
enterbrain